dtv

Reihe Hanser

Seit Jan weggezogen ist, fühlt sich Anna nicht mehr vollständig. Jan war ihr bester Freund, sie haben alles zusammen gemacht. Zum Glück gibt es Großmutter Anna, die nicht nur genauso heißt, sondern auch genau weiß, wie es sich anfühlt, wenn einem plötzlich etwas fehlt. Als endlich der ersehnte Brief von Jan aus Amsterdam eintrifft, ist Oma Anna die Erste, die davon erfährt. Und Enkelin Anna wiederum ist die Einzige, mit der ihre Großmutter über Henri spricht, den mysteriösen Unbekannten, dem sie die ganze Zeit Briefe schreibt, die sie aber nie abschickt. Es ist die Liebe, die Enkelin und Oma miteinander verbindet, und gemeinsam tauschen sie sich aus über ihre Geheimnisse und träumen heimlich von Amsterdam, von Henri und Jan.

Charlotte Inden, 1979 geboren, studierte Germanistik, Kunstgeschichte und Film- und Fernsehwissenschaften in Marburg, London und Straßburg. Sie lebt mit ihrer Familie in Karlsruhe und arbeitet als Redakteurin bei einer Tageszeitung.

Charlotte Inden

Anna und Anna

Deutscher Taschenbuch Verlag

Das gesamte lieferbare Programm
der *Reihe Hanser*
und viele andere Informationen finden Sie unter
www.reihehanser.de

MIX
Papier aus verantwortungsvollen Quellen
FSC® C019821

2015 Deutscher Taschenbuch Verlag GmbH & Co. KG,
München

Umschlaggestaltung nach einem Entwurf von Marion Blomeyer
Gesetzt aus der Perpetua
Satz: Satz für Satz. Barbara Reischmann, Leutkirch
Druck und Bindung: Druckerei C.H.Beck, Nördlingen
Gedruckt auf säurefreiem, chlorfrei gebleichtem Papier
Printed in Germany · ISBN 978-3-423-62597-5

In Erinnerung an meinen Großvater,
der mir so schöne Briefe schrieb.

1

Ich wurde mit zwei Beinen geboren.
Erinnerst du dich?
Ich konnte sie beide benutzen. Das linke aber, das benutzte ich ein bisschen mehr als das rechte. Mit ihm habe ich mich abgestoßen, als ich krabbeln lernte. Mit ihm bin ich die Pflastersteine entlanggehüpft, als ich blonde Zöpfe hatte. Mit ihm habe ich Pirouetten gedreht, als ich noch jung und schön war. Unter Beifall, möchte ich betonen.
Drei Narben hatte meine linke Kniescheibe, zwei vom Rollschuhfahren und eine von dem wilden Hund. Die Wade war alt geworden. Die Fessel hatte welke Haut und der Fuß geschwollene Gelenke.
Es war ein schönes linkes Bein, ich habe sehr an ihm gehangen.
Jetzt liegt seine Asche unter dem Apfelbaum im Garten. Da haben wir sie im Frühling begraben. Der Wind wehte weiße Apfelblütenblätter auf die schwarze Erde.
So möchte ich auch mal begraben liegen.

Liebe Oma Anna,

bitte stirb nie.
Mutti hat gesagt, jeder muss sterben. Auch dein Bein. Sie sagt, es ist einfach ein bisschen früher gestorben als du.
Aber wirst du dein Bein nicht vermissen? Wirst du nicht zu ihm wollen?
Als Jan nach Amsterdam gezogen ist, wollte ich auch dorthin. Bis zum Bahnhof bin ich gekommen. Eine Fahrkarte hatte ich mir schon gekauft, am Automaten. Aber bevor der Zug nach Amsterdam kam, kam Mama.
Ich hatte Angst, sie wäre böse. Doch sie war nur blass und so froh, mich zu sehen. Da musste ich weinen.
Sie hat mich in den Arm genommen und gesagt: »Willst du wirklich weg von uns, Anna?«
Wollte ich nicht. Und du willst doch auch nicht unter den Apfelbaum, oder? Du willst doch bestimmt lieber bei uns bleiben.
Und ich will das auch.

Anna

Mein lieber Anna-Schatz,

unter dem Apfelbaum blühen Vergissmeinnichte. Sie blühen so schön und so blau und direkt über meinem linken Bein. Meinem linken Bein geht es also gut. Es ist stolz auf seinen Blütenschmuck.
Das rechte Bein ist ein wenig müde, weil es die ganze Oma alleine tragen muss. Aber der Arzt sagt, es wird sich daran gewöhnen.
An das neue Bein muss ich mich erst gewöhnen. Es macht nicht immer, was es soll, und das finde ich etwas ärgerlich. Wenn das neue Bein besser gehorcht, dann muss das rechte Bein auch nicht mehr die ganze Arbeit alleine machen. Also drücke doch bitte uns allen dreien die Daumen, ja?
Gerade scheint die Sonne auf die Vergissmeinnichte und die Apfelblüte. Wer will schon Baum und Blumen von unten betrachten, wenn er sie von oben bewundern kann?
Ich bestimmt nicht.

Alles Liebe
deine Oma

Mein liebes linkes Bein.

Wie geht es dir so ohne mich? Tut dir die Trennung so weh wie mir? Ich werde noch verrückt, wenn du nicht aufhörst, mich zu quälen.
Kaum schlafen kann ich mehr. Letzte Nacht habe ich ein paar von den Pillen genommen, die der Arzt mir gegeben hat.
Ich werde der kleinen Anna erzählen, was Phantomschmerzen sind, wenn ich sie besuche. Da wird sie staunen, und das wird mich freuen. Das ist dann mal ein anderes Gefühl.

Liebe Oma Bloom,

Mutti hat gesagt, du kommst uns besuchen!
Das ist fein, ich freue mich doll.
Komm bitte recht bald und bring mir doch etwas mit. Am liebsten Schokolade. Der Benni ist zu dick, deshalb bekommen wir keine mehr. Ich auch nicht, dabei bin ich ganz dünn. Das ist nicht gerecht, finde ich.

Anna Bloom Barber

Das Leben ist nicht gerecht, findet meine Enkelin.
Sie ist ganz schön klug für eine Elfjährige, meinst du nicht?
Ich dachte, das Leben ist zwar ungerecht zu anderen, aber gerecht zu mir. Ich habe gedacht, dass ich unter einem Glücksstern geboren wurde.
Da habe ich mich wohl geirrt.

Mein liebes linkes Bein,

gibt es einen Himmel für verlorene Glieder? Hüpfst du dort unter einem immerblauen Himmel über immergrüne Wiesen und hast vielleicht schon ein paar Spielgefährten gefunden? Ein paar abgetrennte Zehen zum Springen, einen rechten Arm zum Umarmen?
Irgendjemanden braucht man immer, so viel steht fest.
Wenn ich nachkomme, dann hüpfen wir gemeinsam über die immergrünen Wiesen. Aber jetzt darf ich noch nicht, ich habe es meiner kleinen Anna versprochen.

Liebe Oma Bloom,

du hast doch mal gesagt, Versprechen muss man halten, oder? Der Jan hatte mir versprochen zu schreiben. Das hat er aber nicht. Nur ein Mal. Und das war ganz am Anfang.
Ich finde den Jan gemein und Jungens blöde.
Ich werde sicher niemals heiraten.
Kann ich dann bei dir wohnen?

Bis nächste Woche,
Anna

2

Jetzt bin ich also bei meiner Anna.
Und bei meiner Bella.
Ich kam herein und alle lachten und taten so, als käme ich auf zwei Beinen. Dabei kam ich auf nur einem eigenen und einem fremden aus Titan.
Doch das wollten sie sich nicht anmerken lassen. Meine liebe Bella ist schon ganz müde vom Normaltun. Sie meint es gut, aber sie macht mich noch verrückt.
Der Benni ist ein stiller Junge. Er redet so wenig wie sein Vater. Wahrscheinlich sind die beiden so leise, weil Bella und Anna so laut sind. Benni lächelte mich also nur stumm an. Ein bisschen verlegen sah er aus und in die Augen wollte er mir auch nicht schauen. Sein Vater stand hinter ihm und benahm sich ganz genauso. Wie ein großer Benni wirkte er.
Ich habe auch gelächelt und versucht, nicht zu bemerken, dass sie versuchten, nicht auf mein Titanbein zu gucken. Aber ich konnte nur so lange lächeln und normal tun, wie Anna nichts tat.
Dann ist Anna auf mich zugesprungen und hat die Arme um mich geschlungen. Ungefähr auf Taillenhöhe, denn weiter langt sie nicht hinauf. So fest ihre dünnen Kinderarme

konnten, hat sie mich an sich gedrückt. Und da habe ich angefangen zu weinen.
Ich habe irgendetwas gesagt, ich weiß nicht mehr, was. Ich weiß nur noch, dass auch meine Bella plötzlich die Tränen nicht mehr halten konnte. Sie hat mich umarmt, so auf Nackenhöhe, und »Ach, Mutti« geschluchzt.
Der Benni hat nach dem Hosenbein seines Vaters gegriffen und sein Vater hat die Hand seines Sohnes gepackt. Und geheult haben sie auch, nur eben stiller als wir.
Bella hat die Hand nach ihrem Mann ausgestreckt, und dann waren wir ein Menschenknäuel mit vielen nassen Wangen und Armen und, ja, auch Beinen.
Anna hat den Benni auf eine dicke Backe geküsst, denn an seine Backe reicht sie heran. Sie hat ihn mit einem Knall geküsst, irgendwohin musste sie ja mit ihrer Liebe. Sie küsste, es knallte und sie sagte: »Pfui, Benni, du bist ja ganz salzig.«
Und da haben wir gelacht.

Bella hat ihr Portemonnaie verloren.
Anna ihren Jan.
Und ich mein Bein.
Ich habe am meisten Grund zu jammern, denke ich, aber im Moment ziehen wir alle ein Gesicht. Anna kann es am besten. Sie hat diesen schönen Mund, den hat sie von meiner Mutter. Es ist der Mund einer erwachsenen Frau und im Gesicht meines kleinen Mädchens macht er mir irgendwie Angst.

»Oma Bloom«, hat Anna gestern gesagt. »Wie fühlt sich das so an ohne Bein?«
Ich wollte erst sagen: Danke, es geht. Weil ich auf alle Fragen nach meinem Befinden antworte: Danke, es geht.
Ich weiß aber, dass Anna mit so einer Antwort nicht zufrieden wäre. Also dachte ich über ihre Frage nach und suchte nach einer Antwort, die stimmt.
Schließlich sagte ich: »Es fühlt sich manchmal so an, als wäre das Bein noch da. Dann freue ich mich. Dann merke ich aber, dass das Bein doch nicht mehr da ist, und werde traurig, weil mir ein Stück von mir fehlt. Mir fehlt mein linkes Bein zum Gehen und zum Tanzen, zum Auf-die-Leiter-in-den-Apfelbaum-Klettern und zum Die-Treppe-in-den-Keller-Hinuntersteigen, selbst zum Im-Bett-Herumdrehen fehlt es mir.« Ich schwieg, bevor ich erklärte: »Es fehlt ein Stück von mir und das tut weh. Aber ich versuche, ohne klarzukommen.«
Anna hörte sich meine Antwort an und dachte dann mindestens so lange darüber nach wie ich zuvor. Schließlich sagte sie: »Dann weiß ich genau, wie du dich fühlst.«
Hätte ich meine Anna nicht gekannt, hätte ich gesagt: Wie das? So aber wartete ich einfach ab und bekam prompt die Erklärung geliefert.
»Ich fühle mich auch einbeinig«, sagte mein Enkelin. »Es fehlt ein Stück von mir und das tut weh. Hier tut es weh.« Sie legte die Hand auf ihr Herz. »Seit der Jan fort ist, ist das so. Manchmal vergesse ich, dass im Haus am Ende der Straße nur noch sein Vater wohnt. Aber dann fällt mir wieder ein, dass ich alleine Tore schießen und in die Kastanie klettern muss, und ich bin traurig. Mama sagt, es wird besser und

irgendwann nicht mehr so wehtun, und ich muss so lange versuchen, damit zurechtzukommen. Und das versuche ich. Wie du.«
Sie sah mich an und dieser schöne Mund in ihrem kleinen Gesicht zitterte. Ich habe ihn feste geküsst und gesagt: »Wir haben denselben Namen, kleine Anna Bloom, warum sollen wir uns nicht auch beide einbeinig fühlen?«

Wir sind die einbeinigen Piraten vom Rosensteg. Das hat sich natürlich Anna ausgedacht.
»Piraten«, hat sie gesagt, »sind immer einbeinig. Oder sie haben nur ein Auge. Oder nur eine Hand. Alles auf einmal ist natürlich zu viel.«
Also sind wir schlicht einbeinige Piraten. Wir haben einen Schatz unter der Kastanie vergraben. Das ließ mich an das Grab unter dem Apfelbaum denken, aber ich habe es Anna nicht verraten.
Anna hat ein goldenes Kettchen in der Erde versenkt. Ich musste es in eine leere Pralinenschachtel legen und sie hat sie verbuddelt.
Dass ihr Kettchen von Jan ist, hat sie mir nicht gesagt. Aber ich habe es auch so erraten.

3

Mit wem soll ich hier reden?
Selbst meiner kleinen Anna kann ich nicht alles erzählen. Was ich meiner kleinen Anna nicht erzählt habe, ist, wie sehr mir mein Bein fehlt, wenn ich vor dem Spiegel stehe.
Ich war einmal jung und ich war einmal schön. Heute bin ich alt. Aber hässlich bin ich erst, seit ich die einbeinige Anna wurde.

Anna hat mich erwischt.
»Was schreibst du denn da?«, hat sie mich gefragt, gerade als ich die hässliche Wahrheit von der hässlichen Anna aufs Papier bannte. »Tagebuch?«
Für einen Sekundenbruchteil habe ich gezögert. Weil ich meine Anna aber nicht anlüge, musste ich antworten: »Nein, nicht so richtig Tagebuch.«
»Nicht so richtig? Wie meinst du das?«
»Ich schreibe Briefe«, sagte ich und versuchte, die Briefbögen zusammenzuschieben und ganz hinten im Dunkel des Sekretärs bei den anderen zu verstecken.
Anna stand aber immer noch neben mir, und das nicht nur

einfach so, sondern mit zusammengezogenen Brauen und schief gelegtem Kopf. Kein gutes Zeichen.
»Und an wen schreibst du?«, verlangte sie zu wissen.
»An jemanden, den ich mal kannte.«
»Und«, bohrte Anna weiter, »willst du denn gar nicht, dass er liest, was du ihm schreibst?«
Vertrau auf meine Enkelin, mich das zu fragen, was ich mich nicht selbst zu fragen traue. Geschweige denn zu beantworten.
»Doch«, sagte ich und fühlte mich wie von einem Gewicht befreit, »ich will schon, dass er meine Briefe liest.«
»Ja aber, Oma«, rief sie da aus. »Warum versteckst du sie denn dann alle in deinem Schreibtisch?«
Eine lange Weile saß ich einfach nur da. Dann griff ich nach ihrer kleinen Hand und hielt sie fest in meiner. Nicht so sehr, weil sie den Trost brauchte, sondern mehr, weil ich ihn brauchte.
Anna verstand das. »Oma«, sagte sie ehrfürchtig. »Du hast ja Angst.«
Ich verfluchte die Tatsache, dass ich sie nicht belügen kann.
»Ja«, sagte ich ergeben. »Das stimmt.«
»Weil du denkst, er antwortet nicht.«
»Ja«, sagte ich. »Das stimmt auch. Unter anderem.«
»Du musst ihm die Briefe schicken«, entschied sie. »Sei nicht feige! Du bist doch ein einbeiniger Pirat vom Rosensteg!«
»So, so«, sagte ich. »Und wer schreibt einem gewissen jungen Herrn in Amsterdam nicht mehr? Wer hat einfach aufgegeben?«
Da wollte Anna die schöne Unterlippe vorschieben, aber ich

rief: »Nein, nein, schmollen gilt nicht. Piraten schmollen auch nicht.«
Das hat gewirkt und Anna und ich haben einen Pakt geschlossen. »Piraten machen das so«, hat sie gesagt.
Also sind wir mit zwei Umschlägen zur Post gegangen. Anna auf zwei echten Beinen und ich auf einem echten und einem aus Titan. Auf allen beiden aber habe ich mächtig gezittert, als ich meinen Umschlag schließlich in den Briefkasten fallen ließ.

Unser Ausflug zur Post hat meine Bella so ermutigt, dass sie uns zum Einkaufen schicken wollte.
»Wir brauchen Milch«, sagte sie flehend. Das Flehen galt natürlich nicht der lächerlichen Milch. Hätte der große Benni halt seinen Kaffee einmal schwarz getrunken. Und der kleine Benni sein Müsli einmal trocken geknuspert. Das Flehen galt vielmehr meiner Person. Bella will mich nämlich wieder hinausschicken in die Welt, nur eben auf einem Bein anstatt auf zweien.
Ich wollte ihr antworten: Was interessiert mich deine Milch? Ich kann darauf verzichten.
Ich wollte sagen: Benimm dich nicht wie eine Glucke, gestern warst du noch das Küken.
Ich wollte sagen: Ich liebe dich auch, aber ich geh da nicht raus.
Da sagte Anna: »Klar können wir Milch kaufen. Komm, Oma.«

Der Supermarkt liegt nur zwei Straßen entfernt.
Wir mussten trotzdem ein kariertes Wägelchen auf zwei Rollen mitnehmen. Ich weiß überhaupt nicht, warum Bella so etwas hat. Nicht mal ich hatte so etwas, als ich noch alleine lebte und aus dem Haus ging, und dabei bin ich alt.
Ich wollte mich gerade weigern, das Ding anzufassen, da packte Anna schon den Griff und zog los.
Wir gingen nebeneinander her. Anna mit dem Wägelchen, ich mit meinem Stock.
»Du musst dir vorstellen, wir sind auf Beutezug«, sagte Anna, als wir den Rosensteg entlangliefen. Schlichen. Krochen. Es fiel mir unfassbar schwer.
»Ja«, Anna erwärmte sich für die Idee. »Wir haben eine spanische Galeere gekapert und gejubelt, weil sie voller Gold war. Aber das ganze Gold wiegt so viel, dass wir es kaum tragen können.«
»Geld allein macht eben auch nicht glücklich«, sagte ich und legte eine kleine Pause ein mitten auf dem Gehweg.
»Nicht?« Anna umrundete mich zweimal mit ihrem Wagen, dann gingen wir weiter. »Also, mich würde es glücklicher machen. Ich könnte mir davon ein neues Ticket nach Amsterdam kaufen. Nein, zwei Tickets, du müsstest natürlich mitfahren.«
»Natürlich«, sagte ich und war gerührt.
Noch gerührter war ich, als Anna mich beim Supermarkt fragte: »Willst du draußen warten?«
Ich schnaubte. »Meinst du etwa, ich lasse die Gelegenheit verstreichen, Pralinen zu kaufen?«
»Oma, du sollst doch nichts Süßes essen«, sagte Anna tadelnd.
»Ja, ja«, sagte ich. »Welche Kekse magst du am liebsten?

Ich wage zu behaupten, es sind nicht die Vollkorndinger, die deine Mutter immer anbietet.«
Loyal wie Anna ist, sagte sie dazu nichts. Sie zeigte mir aber drinnen die richtige Regalreihe. Während ich staunend feststellte, dass es hier zwar jede Menge schokoladenüberzogenes Zeug gab, aber keine Pralinen, die diese Bezeichnung tatsächlich verdienten, rief sie: »Ich hole eben die Milch«, und bog um eine Ecke.
Als Nächstes hörte ich, wie eine hohe Kinderstimme gedehnt sagte: »Oooh. Die Anna.« Nett klang das nicht.
So schnell ich konnte, humpelte ich aus meinem Gang.
Da stand Anna vor dem Kühlregal. Und um sie herum stand ein Haufen Kinder im Halbkreis.
Ein unangenehm blasses Kerlchen führte das Wort. »Meine Mutter sagt, deine Oma hat nur noch ein Bein«, verkündete es.
Anna durchforstete scheinbar ungerührt weiter die Vollmilchtüten nach denen mit dem spätesten Ablaufdatum. »Und?«
Ein Mädchen mit schief gebundenen Rattenschwänzchen schnappte nach Luft. »Stimmt das etwa?«
»Klar.«
»Uuh. Wie gruselig!«
»Wie hat sie es denn verloren?«, fragte der blasse Bengel.
Das machte Anna böse. »Das geht euch ja wohl gar nichts an«, fauchte sie.
»Dann ist es ein Geheimnis, wie?«
»Jawohl«, sagte ich und hinkte heran. »Eigentlich müsste ich euch töten, wenn ich es euch verrate, aber ich will mal eine Ausnahme machen und nicht so sein.«

Sieben Kinder starrten mir entgeistert entgegen.
Ich senkte meine Stimme: »Schwere Kriegsverletzung.« Ich klopfte mit meinem Stock gegen mein linkes Hosenbein, sodass sie das Titan darunter hören konnten, und behauptete: »Ich habe alleine neunzehn Mann niedergemäht und dafür den Orden am Goldband für Tapferkeit vor dem Feind bekommen. Was sagt ihr nun?«
Sie sagten nichts mehr, sondern standen nur mauloffen.
Ich salutierte freundlich und hinkte mit hoch erhobenem Kopf und meiner Enkelin im Schlepptau zur Kasse.
Diese sogenannten Pralinen habe ich dabei leider vergessen.

Lieber Steuermann,

diese Nachricht musst du verbrennen, sobald du sie gelesen hast. Sonst kommt der Offizier der Königin (Mama) und nimmt dir den Schatz weg.
Heute in der großen Pause hat Marie-Louise Pralinen verteilt, sie hatte nämlich Geburtstag. Ich habe meine für dich aufgehoben. Sie schmeckt sicher tausendmal besser als Vollkornkekse.
Glänzt das Papierchen nicht schön? Es ist bestimmt echt vergoldet.

Ahoi!
Dein Käpt'n

Ahoi Käpt'n Bloom Barber!

Das war knapp: Ich konnte den Goldschatz gerade noch in Sicherheit bringen (aufessen), bevor deine Mutter zur Tür hereinkam und darauf bestand, mein Bett neu zu beziehen. Über Schokolade auf meinem Kopfkissen hätte sie sich sicherlich gewundert.
Weißt du, was wir brauchen? Einen toten Briefkasten!
Ich mache mir mal Gedanken.

Steuermann Bloom

Ich habe als Kind nie über einen toten Briefkasten kommuniziert. Jetzt bin ich eine einbeinige alte Frau und tue es mit Begeisterung.
Wir haben uns für die unterste Kommodenschublade im Flur entschieden, die so verzogen ist, dass sie knarrt, und so klemmt, dass sie außer uns niemand benutzt. Natürlich könnte jederzeit jemand vorbeikommen und uns ertappen: auf dem Weg ins Haus oder auf dem Weg aus dem Haus und auf der Suche nach seinen Gummistiefeln oder einem verloren gegangenen Handschuh. Deswegen ist dieses Versteck ja so ideal!
Anna hat einen Vogelknochen in das Schubfach gelegt.
»Denn ein Piratenversteck ohne Gerippe?«, hat sie gesagt. »Das geht gar nicht.«
Mit dem hohlen Knöchelchen soll ich nun jeden Brief beschweren. Beim ersten Mal habe ich dabei gedacht: armes

Tier. Mit nur einem Flügel wirst du nicht weit kommen. Und ich fühlte mich ihm sehr verbunden.

Mein liebes linkes Bein,

die Nächte sind am schlimmsten. Da träume ich nämlich von dir.
Ich träume dann, dass du noch da bist. Ich fühle dann wieder, wie es ist, mit beiden Beinen fest auf der Erde zu stehen. Oder mit beiden Beinen in die Luft zu springen. Je nachdem. Ich höre wieder, wie meine Nylonstrümpfe leise knistern, wenn ich ein bestrumpftes Bein langsam über das andere schlage. Und ich sehe wieder, wie Herren mit weiß gestärkter Hemdbrust und schwarzem Kummerbund die Blicke nicht von mir und meinen Beinen wenden können.
Ich träume von all den Orten und all den Ländern, die wir zusammen besucht haben. Und von all den Bühnen dieser Welt, auf denen wir geglänzt haben.
Weißt du noch?
Ich weiß es. Nachts. Im Traum.
Und manchmal ist mein Kissen nass, wenn ich aufwache und der Traum vorbei ist.

Oh, wie soll ich nur beginnen?

Anna hat mir deinen Brief gebracht.
Ich konnte es erst gar nicht glauben. Das hat sie gesehen.
»Soll ich dich einmal kneifen?«, fragte sie.
»Ja, bitte«, antwortete ich schwach.
Danach war dein Brief immer noch da. Das erste Lebenszeichen seit fünfzig Jahren.
Ich habe ihn erst geöffnet, als Anna wieder aus dem Zimmer war. Und meine Hände haben dabei ein bisschen gezittert. Das kann ich dir aber nur schreiben, weil du das hier geschrieben hast:

Anna, die Blume.

Anna,
du stehst auf deinem einen Bein im Leben
wie die Blumen
so schön.
Und Blumen liebt jeder,
ich ganz besonders.
Vor allem die eine.
Vor allem dich.

Ich wusste nicht, dass man schweben kann, wenn man einbeinig ist. Es ist ein herrliches Gefühl. Ich hatte schon fast vergessen, wie herrlich.
Ich danke dir dafür.

4

Auch die einbeinige Seele meiner Enkelin hat Flügel bekommen. Es muss so sein, denn Anna schwebt nur noch durchs Haus.

Wer ist es denn?, wollte ich sie nach dem Abendbrot fragen. Aber da war sie schon zu mir gekommen und hatte es mir ins Ohr geflüstert: Marie-Luise heißt der Engel, der meiner Anna das Fliegen beigebracht hat. Anna hat jetzt keinen Spielkameraden mehr, sondern eine Busenfreundin. Wann sie wohl anfangen werden, ständig zu kichern und ihre Röcke zu tauschen? Was meinst du?

Gestern sollten wir zum Bäcker. Weil das mit dem Supermarkt so gut geklappt hat, sagte Bella.

Wild mit den Augen rollend, hinkte ich hinter Anna her.

»Früher haben wir unser Brot noch selbst gebacken«, schimpfte ich, konnte aber nicht umhin zu bemerken, wie gelb das Herbstlaub in der Sonne leuchtete und wie strahlend blau der Himmel war.

»Hast du?«, fragte Anna.

»Nein«, seufzte ich. »Dafür hatte ich keine Zeit.«

»Ja«, sagte sie sehnsüchtig. »Du hast immer nur die Nächte durchgetanzt und jeden Mann in dich verliebt gemacht.«
»Hm. So ungefähr.«
»Kannst du mir zeigen, wie das geht?«
»Was? Tanzen?« Ich klopfte mal wieder mit meinem Stock gegen die Prothese. »Schwierig, mein Herz.«
»Das Tanzen kriege ich schon hin, Oma«, sagte sie wegwerfend. »Kein Problem. Ich meinte das mit den Männern.«
Ich betrachtete sie, wie sie da stand, lässig auf das karierte Einkaufswägelchen gestützt, die Haare wild, die Jeans mit Löchern über dem rechten Knie.
»Ich befürchte«, sagte ich, »dass du das mit den Männern genauso problemlos hinkriegen wirst.«
»Freibeuterehrenwort?«
»Freibeuterehrenwort.«

Beim Bäcker trafen wir alte Bekannte.
»Meine Mama hat gesagt, deine Oma lügt«, zischte die Göre mit den Rattenschwänzen meiner Anna zu, während ich das Brot aus geschrotetem Korn bezahlte.
Anna wurde fuchsteufelswild, direkt da zwischen Hefeteilchen und Sahnetorten.
»Meine Oma lügt überhaupt nie!«, brüllte sie.
Ich schämte mich ein bisschen. Natürlich nicht, weil das Kind hier im Laden so herumschrie. Anna hat schließlich eine sehr schöne Stimme. Sie wurde auch bewundernswert laut und ließ die anderen Kinder zurückweichen. Nein, ich schämte mich, weil Anna für mich zur Lügnerin wurde.

Also mischte ich mich wieder ein.
»Stimmt genau«, sagte ich. »Ich versuche nur herauszufinden, wer von euch etwas auf dem Kasten hat. Versteht ihr? Wer glaubt denn schon, dass ich im Alleingang neunzehn feindliche Soldaten niedergemäht habe? Haha, das muss ja ein ganz schöner Döskopp sein. Zwölf vielleicht, aber doch nicht neunzehn.«
Ich lachte und nach einer kleinen Pause lachten die Kinder verlegen mit.
»Aber«, sagte das unangenehme Kerlchen mit den blassen Wangen und den weißblonden Haaren, »wieso haben Sie denn dann nur ein Bein?«
»Das ist eine hochinteressante Frage«, antwortete ich. »Und ich werde sie dir gerne beantworten. Hast du schon mal etwas vom großen weißen Hai gehört?«

Bella wurde von einer Mutter aus der Nachbarschaft angerufen, und es dauerte eine ganze Weile, bis ich merkte, dass hier jemand ziemlichen Ärger hatte. Und dass dieser jemand ich war.
Als eine erschöpfte Bella schließlich zurück in die Küche kam, klärte sie uns auf:
Der kleine Sven würde sich weigern, im Hallenbad, da, wo es richtig fies tief ist, ins große Becken zu springen. Das müsste er aber, sonst kriegte er sein Schwimmabzeichen nicht, und seine Mutter wollte partout, dass er das kriegte. Nur der kleine Sven, der wollte das eben überhaupt gar nicht mehr. Und anstatt in den nächsten Sommerferien ans

Meer zu fahren, wo das Haus mit Blick auf die Nordsee schon gemietet war, wollte er jetzt auch viel lieber in die Berge.

»Tja«, sagte ich. »Schick sie nach Tirol. Dort ist es herrlich. Und garantiert haifischlos.«

Da fing der große Benni so an zu lachen, dass er Atemnot bekam und ihm Tränen über die Wangen liefen.

Anna sah ihrem Vater fasziniert zu.

»Papa«, rief der kleine Benni erschrocken.

»Ben«, rief Bella. »So geht das nicht.«

Ben wischte sich mit dem Hemdsärmel das Gesicht trocken und nickte. »Stimmt.« Er wandte sich an mich. »Anna B., so geht das auf gar keinen Fall. Sag mir bitte Bescheid, bevor du so etwas das nächste Mal tust. Da muss ich nämlich unbedingt dabei sein.«

Sprach's und lachte weiter.

Ich konnte ihn mir glatt mit Augenklappe vorstellen.

Neuerdings hat meine Anna nicht mehr viel von einem Piraten.

Das liegt an Marie-Luise. Marie-Luise war gestern da. Sie ist jetzt ständig da. Sie ist zwölf, genau wie Anna. Und sie ist ein richtiges Mädchen und bestimmt in ihrem ganzen Leben noch auf keinen Baum geklettert. Die große Kastanie kann sich an Anna kaum noch erinnern, denn Anna flicht jetzt lieber Marie-Luise Zöpfe oder lässt sich von Marie-Luise die Lider bemalen.

Bella freut sich, dass Anna ein bisschen mädchenhaft wird.

Ich denke, meine kleine Anna wird sich trotz der Zöpfe nicht ganz vergessen.

Ich hatte recht.
Meine kleine Anna steht auf einem Bein im Garten.
»Ich muss doch wissen«, hat sie gesagt, »wie sich ein einbeiniger Pirat so fühlt.«
Dann hat sie mich angeschaut, lieb gelächelt und gesagt: »Und du, Oma Bloom.«
Und dann hat sie gewackelt und gesagt: »Ganz schön schwierig.«
Ich konnte ihr nur von Herzen zustimmen.

Jan hat endlich geschrieben. Anna ist außer sich vor Freude, keine Sekunde kann sie still stehen. Mitten in ihrem Bewegungsdrang hat sie nur kurz angehalten, um mir den Brief in die Hand zu drücken.
Ich durfte ihn nämlich lesen.

Hallo Anna,
stand da.
Ich finde, deine Oma hat recht: Einen Brief zu bekommen ist schöner, als eine E-Mail zu kriegen. Besonderer irgendwie. Vielen Dank also für deine besondere Nachricht.
Amsterdam ist schon in Ordnung. Die Schule ist etwas schwieriger, weil dort alle Englisch reden. Am Anfang habe ich kaum etwas sagen können, aber inzwischen geht es ganz gut. Und die vielen Wasserstraßen sind prima! Es gibt jede Menge Brücken und Boote!
Ich wäre auch gern ein einbeiniger Pirat, obwohl es sich mit nur einem Bein bestimmt schwer auf den Kastanienbaum klettern lässt. Oder den Ahorn.
Aber einen Versuch wäre es wert!

Jan

Da könnte er recht haben.

5

Lieber Jan,

ich war dir sehr böse. Aber Oma Bloom hat gesagt, du kannst nichts dafür. Sie sei nur auf unseren Kastanienbaum gestiegen, weil sie plötzlich so eine Lust darauf gehabt habe. Ich würde ja auch nicht aus dem Fenster springen, nur weil jemand sagt: Das ist doch eine tolle Idee.
Also schreibe ich dir jetzt wieder, obwohl meine Oma eine Woche im Bett liegen musste. Und sie hasst das!
Sie ist vom Baum gefallen.
Aber nicht, weil es nicht geht, mit nur einem Bein hinaufzuklettern. Es ging sehr wohl, sie saß oben, ich habe es gesehen.
Doch dann wurde ihr schwindelig.
»Das passiert mir schon mit der Trittleiter«, hat sie gesagt. »Ich hätte daran denken können.«
Du nicht, denn du hast das ja nicht gewusst. Also schreibe ich dir jetzt wieder.
Wenn in Amsterdam die Straßen aus Wasser sind, habt ihr dann da Piraten?

Anna

Liebe Anna,

das mit deiner Oma tut mir leid.
Ich habe es ihr selbst geschrieben. Der Brief steckt mit im Umschlag. Könntest du ihn ihr geben?
Bis jetzt habe ich hier noch keine Piraten gesehen, aber ich kann die Augen ja mal offen halten. Wenn ich welche finde, kommst du dann vorbei?

Jan

Anna möchte gerne ihren Jan besuchen.
Ich kann das gut verstehen. Mir gefällt er auch und dabei habe ich ihn noch nie im Leben gesehen.
Heute kam ein Paket von ihm an. Ohne Worte. Aber mit einem Flaschenschiff darin, das an seinem winzigen Mast eine winzige Piratenflagge gehisst hat. Ein Bündel Möwenfedern lag dabei.
Anna behauptet, sie riechen nach Meer.
Ich finde, sie riechen verdächtig nach junger Liebe, aber das habe ich Anna nicht gesagt.

Mein liebes linkes Bein,

erinnerst du dich daran, dass wir nie, nein, niemals einem Kerl nachgelaufen sind? Ich erinnere mich gut. Und ich frage mich, ob ich dich dafür verantwortlich machen muss, dass ich jetzt kurz davor bin, es zum ersten Mal in meinem Leben zu tun. Auf nur einem Bein.

Mehrmals die Woche fällt Bella ein, dass sie jetzt auf der Stelle unbedingt Milch, Brot, Eier oder Toilettenpapier braucht.
Jedes Mal sagt Anna dann: »Komm, Oma.«
Jedes Mal beschwere ich mich. Und jedes Mal freue ich mich im Stillen.
Gestern roch die Luft schon nach Winter. Der Wind war kalt, die Sonne blass und die Bäume waren leer geweht. Ich fand es herrlich.
Anna wandte sich nach rechts, wie immer.
»Wollen wir nicht mal da langgehen?« Ich zeigte entdeckungslustig zum anderen Ende der Straße.
Anna zögerte. Ich wartete.
»Okay«, sagte sie und setzte sich und das karierte Wägelchen in Bewegung. Langsam. Ungewöhnlich langsam. Verdächtig langsam.
Als wir an einem Backsteinhaus wie unserem vorbeikamen, blieb sie stehen.
»Hm«, sagte ich plötzlich begreifend. »Da wohnte er also.«

Anna schaute sich nur die Augen aus.
In der Einfahrt stand kein Wagen. Die Fenster waren dunkel. Aber oben im Giebel klebten bunte Wimpel an der Scheibe. Und im Ahorn hing ein schwarzer Gummireifen und schwang sachte im Wind.
»Es sieht fast so aus, als käme Jan gleich wieder«, sagte Anna leise.
»Oder als wünschte es sich sein Vater zumindest sehr«, sagte ich.

Anna,

die Grachten sind zugefroren! Wie soll denn da jetzt noch ein Piratenschiff durchkommen? Sag mal?
Gibt dir doch einen Ruck.
Und komme einfach trotzdem.

Jan

Ich habe einen Lagerkoller.
Draußen herrscht tiefster Winter und ich kann nicht vor die Tür. Die Gehsteige sind glatt vor Schnee und Eis. Wie gemacht für alte Leute, um auszurutschen und sich die Hüfte zu brechen oder das eine Bein, das noch intakt ist.
In Amsterdam soll auch alles weiß sein, hat Jan geschrieben. Er geht mit seinen Freunden Schlittschuh laufen auf den Grachten.

Stell dir das vor! Wie gern würde ich das sehen! Ach was, das ist gelogen. Wie gern würde ich das auch tun!
Aber nein, ich kann nur hier sitzen und mich selbst bemitleiden. Und nicht mal das kann ich in Ruhe, denn draußen im Garten randalieren meine Enkel mit, wie es sich anhört, zwanzig ihrer engsten Freunde. Das heißt, eben habe ich sie noch randalieren hören, jetzt ist es plötzlich ganz still geworden …

Entschuldige, ich musste schnell mal einen Schneemann bauen.
Was, du glaubst nicht, dass ich das kann? Ha, ich habe eine Tochter, die mir Stiefel mit Profilsohlen kauft, jawohl, für beide Füße, den echten und den unechten, und ich habe einen Schwiegersohn, der mir mit starken Armen Halt geben kann. Und jetzt ist unser Schneemann der schönste der Straße! Er hat eine Augenklappe (von Anna), statt einem Hut auf dem Kopf eine Stoffrose hinter einem Schneeohr (von Marie-Luise), statt einem Besen einen Eishockeyschläger im Arm (von Benni), einen falschen Fuchspelz um den Hals (von Ben) und einen lächelnden Mund samt Spitzbärtchen aus Schottersteinchen (von meiner Bella).
Und er hat zwei Beine.
Rate, wem er die zu verdanken hat.

Wir sind wieder an Jans Haus vorbeigegangen. Dieses Mal stand ein Wagen in der Einfahrt. Und dieses Mal kam Jans Vater heraus. Er sah Anna sofort. Und Anna sah ihn sofort. Beide erstarrten mitten in der Bewegung.
Jans Vater setzte sich als Erster langsam wieder in Gang, kam bis auf den Gehweg hinaus und sagte: »Hallo, Anna.«
»Hallo«, sagte Anna über die Straße hinweg.
»Wie geht es dir?«
»Och.« Sie zuckte die Achseln. »Ganz gut. Und Ihnen?«
Er lächelte ein trauriges, schiefes Lächeln. »Ich vermisse meinen Sohn.«
Anna nickte. Das »Ich auch« brachte sie nicht über die Lippen. Ich konnte förmlich sehen, wie zugeschnürt ihre Kehle plötzlich war.
Jans Vater scharrte nervös mit den Füßen. Schließlich gab er sich einen Ruck. »Ihr habt nicht vielleicht noch Kontakt, du und Jan?«, fragte er.
Anna nickte wieder. »Doch. Schon«, würgte sie heraus.
»Grüß ihn mal von mir, ja?«, sagte er leise. So leise, dass seine Worte es fast nicht bis über die Straße zu Anna und mir geschafft hätten. Als sie schließlich doch bei uns ankamen, drehte sich Anna um und ging einfach davon.

Ich habe lange darauf gewartet, dass Anna mit mir über Jans Vater redet. Aber sie sagt nichts. Kein Wort. Keinen Ton. Das macht mir Sorgen, denn normalerweise redet Anna mit mir doch über alles.
Ich höre dich fast sagen: Bist du sicher?

Ja, ich bin mir sicher.
Wenn Anna mir eine Frage stellt, antworte ich, so ehrlich es geht. Und wenn ich Anna eine Frage stelle, macht sie dasselbe.
Also sollte ich sie vielleicht einfach fragen …

Ich habe eben den Kopf zu ihrer Tür hineingesteckt. Anna saß an ihrem Schreibtisch vorm Fenster, den Kopf in die linke Hand gestützt, die rechte mit ihrem Lieblingskugelschreiber bewegungslos über einem Blatt Briefpapier verharrend. Sie starrte düster vor sich hin.
»Und?«, fragte ich. »Wirst du Jan die Grüße seines Vaters ausrichten?«
Annas Kopf ruckte hoch. Ich konnte dabei zusehen, wie sie in Millisekunden einen Entschluss fasste. »Nein«, sagte sie, »das mache ich nicht.«
Ich musste nicht mal fragen: Warum? Es sprudelte jetzt einfach so aus ihr heraus.
»Er ist doch schuld!«, schrie sie. »Er hatte eine Freundin! Er hatte eine Freundin und deshalb ist Jans Mama gegangen und deshalb ist Jan mit ihr gegangen und deshalb sehe ich Jan nie, nie wieder. Und deshalb tut mir sein Vater auch kein Stück leid, hörst du? Kein Stück!«
»Ah«, sagte ich gelassen. »Gerechter Zorn. Das ist der beste. Man fühlt sich gut dabei, nicht wahr? Denn man ist ja im Recht! Und man muss sich auch überhaupt nicht fragen, was den anderen zu seiner Tat getrieben hat. Wirklich sehr schön.«
Darauf hat Anna nichts mehr gesagt und ich bin gegangen.

Anna hat schlechte Laune.
Alle merken es.
Bella fragte sie, ob alles in Ordnung ist. Anna raunzte sie zur Antwort böse an.
Ben wollte ihr extra zärtlich den Lockenkopf streicheln. Anna zog den Kopf einfach weg.
Benni lieh ihr sein liebstes Matchboxauto. Anna sagte zumindest Danke.
Ich habe ihr einen Brief geschrieben und ihn in unseren toten Briefkasten gelegt.
Und gewartet. Ich warte immer noch. Während ich warte, überlege ich, ob ich wohl die richtigen Worte gefunden habe.
Das habe ich geschrieben:

Mein lieber Schatz,

ich kann mir nicht helfen, aber Jans Vater tut mir schrecklich leid.
Ich weiß nicht, was in seiner Ehe vorgefallen ist. Ich weiß nicht, was er getan hat und welche Fehler er gemacht hat. Ich weiß nur, dass er seinen Sohn ganz offensichtlich furchtbar vermisst.
Er leidet.
Und es tut mir leid, das sagen zu müssen, aber Jan leidet bestimmt auch.
Nun sei mir nicht bös, dass mir hin und wieder einfällt, wie viele Jahre ich schon auf dem Buckel habe und was ich in diesen Jahren über die Menschen gelernt habe. Es ist ja nicht

viel! Es ist sogar verschwindend gering! Aber vielleicht kann es dir heute mal von Nutzen sein,

hofft deine dich liebende
alte Oma

Liebe Oma,

du bist nicht alt.
Schließlich kletterst du auf Kastanienbäume.
Und baust Schneemänner.
Also.

Man ist so alt, wie man sich fühlt, sagt meine Enkelin.
Ich befürchte, das ist nicht wahr.
Ich zum Beispiel habe so viele Schmetterlinge im Bauch, dass ich mich nach tanzen fühle – ich kann aber nicht, wie ich will. Erstens hindert mich mein Körper, dem ein Bein fehlt. Zweitens hat man einfach so viel zu tragen nach einem langen Leben. Ich fürchte, selbst mit zwei Beinen wäre die Last zu schwer für mich.
Sicher bin ich mir allerdings nicht …

Mein lieber Henri,

ja, dieser Brief kommt ganz allein, ist keine Sammlung aus Niederschriften verschiedener Tage wie sonst. Denn dieser Brief ist wichtig. Er könnte ein richtig echter, offener und ehrlicher Liebesbrief werden. Bereit?
Während ich versuche, mein Enkelkind dazu zu bewegen, Jans Vater zu verzeihen, frage ich mich, ob ich mir jemals selbst verziehen habe. Dafür, dass ich mich in dich verliebte, damals.
Ich glaube, ich habe es nicht getan.
Woher ich das weiß?
Ich bin dabei, mich wieder in dich zu verlieben. Mit jedem Brief, den du mir schickst, ein bisschen mehr. Und obwohl ich es heute darf, obwohl ich keine verheiratete, sondern eine verwitwete Frau bin, habe ich wieder das Gefühl, ich dürfte es nicht.
Es ist, als hätte ich mich konditioniert. Sobald mein Herz anfängt, für dich zu schlagen, schreit mein Gewissen: böse, böse!
Ich will das nicht mehr. Ich werde daran arbeiten, bei mir und meinem Gewissen Aufklärungsarbeit zu leisten. Und ich möchte wissen: Wenn ich mir verzeihen kann, kannst du es dann auch?

Anna

Liebes Christkind,

der Benni zwingt mich, dir diesen Brief zu schreiben. Dabei weiß ich doch schon längst, dass es dich nicht gibt. Der Benni aber will das noch nicht wissen, der Benni ist nämlich erst sieben.
Ich erinnere mich genau daran, was ich früher jedes Jahr auf meinen Wunschzettel geschrieben habe: eine kleine schwarze Katze.
Ich habe bis heute keine bekommen.
Warum sollte ich mir dann noch etwas von dir wünschen?
Ich könnte den Zettel hier also einfach so in den Umschlag stecken. Benni ist schon zufrieden mit mir, er hat gesehen, dass etwas draufsteht.
Allerdings ist noch Platz auf dem Blatt.
Den nicht zu nutzen, wäre schon blöd.
Papierverschwendung.
Umweltschädlich.
Oder?
Okay, dann sage ich es jetzt:
Ich wünsche mir, dass Jan und sein Vater sich wieder vertragen.
So. Das war's.
Mehr kommt nicht mehr.
Vielen Dank.

Anna

PS
Die Oma hat der Benni auch gezwungen, dir zu schreiben. Nur dass du vorgewarnt bist …

Liebes Christkind,

ich liebe meinen Enkel. Deshalb habe ich rings um dieses Blatt Papier mit Buntstiften lauter Tannenzweige, Sterne und Lebkuchen gemalt. Goldenen Glitzerstaub habe ich auch darübergestreut. Doch jetzt sieht das Protokoll vor, dass ich dir eine Botschaft übermittle, dass ich dir schreibe, was ich mir wünsche.
Ich soll also meinen Herzenswunsch formulieren, einen Wunsch, von dem ich weiß, dass er sich nicht erfüllt? Das ist, bei aller Liebe, ein bisschen viel verlangt.
Also nimm es mir nicht übel, liebes Christkind, aber du kannst mir mal den Buckel runterrutschen.
Ganz entschieden.
Und mit Schwung.
Das ist nichts Persönliches. Hier, ich male dir noch ein paar Sternchen, ich will ja nicht so sein.
Frohes Fest.

A. Bloom

6

Das neue Jahr dämmert recht trüb herauf.
Der Januar hält, was er verspricht, und zeigt sich von seiner grauesten Seite. Die bunte Funken sprühenden Raketen, die wir in der Silvesternacht in den Himmel geschossen haben, sind nur noch eine blasse Erinnerung, die Freudenschreie meiner Enkel längst verhallt.
Ganz deutlich aber sehe ich noch meine Anna vor mir, wie sie in dieser Nacht zu Jans Vater tritt. Er steht alleine vor seinem Haus und schaut den Feuerwerkskörpern nach, die Richtung Sterne fliegen. Ich sehe rote Lichter auf seinem Gesicht, als Anna an seinem Ärmel zupft. Ich sehe blaue Lichter auf seinem Gesicht, als er überrascht zu ihr hinunterblickt. Und ich sehe sein Gesicht aufleuchten, als Anna ihm von Jan erzählt.
Ich bin so stolz auf sie.
Vergeben ist schwer. Ich war nie gut darin. Und wie es aussieht, bist du es auch nicht.
Ja, es ist ein trüber Januar. Und es scheint ein weiteres trübes Jahr zu werden.

Nein, ich bin nicht verbittert. Nicht deprimiert. Nicht mal missgestimmt. Aber danke der Nachfrage.
Ich habe einfach eine Entscheidung getroffen, mein Lieber.
Das geht, denn ich habe festgestellt: Dazu braucht es nicht zwei Beine, sondern einzig Mut.
Und bedenke bitte, wer hier mit dir spricht! Wir einbeinigen Piraten vom Rosensteg sind berühmt, wenn nicht berüchtigt für unseren Mut im Angesicht des Feindes.
Nein, der Feind bist nicht du.
Der Feind sind die Umstände. Wie immer.
Ich werde keine Antwort mehr fordern auf meine Frage und auf den ersten und einzigen echten Liebesbrief, den ich dir je schrieb. Dein Schweigen ist mir Antwort genug.
Liebende durften wir nie sein und waren es doch.
Brieffreunde waren wir nie, obwohl wir es immer hätten sein dürfen. Vielleicht haben wir an der Front mehr Glück?

Deine Brieffreundin Anna B.

Anna Bloom!

Schau dir dieses Foto genau an.
Ich habe dir ein Piratenschiff gefunden!
Was sagst du jetzt?
Sag, dass du kommst!

Jan

Meine Anna ist dreizehn geworden und will in den Pfingstferien nach Amsterdam reisen.
Mit mir.
Bella hat es die Sprache verschlagen. Sie wusste nicht, welches Ansinnen sie schockierender finden sollte.
Anna hat die schöne Unterlippe vorgeschoben. Und dann hat sie gesagt: »Wieso denn nicht?«
Meine kluge Enkelin.
Jedem von Bellas »Darum nicht« haben wir ein »Ja aber« entgegengesetzt. Ja, ich habe mich auf die Seite meiner Enkelin geschlagen. Überrascht dich das?
Ein bisschen hatte ich ein schlechtes Gewissen meiner Tochter gegenüber. Aber ich möchte so unbedingt fahren!
Benni und sein Vater haben sich erst herausgehalten. Doch als Bella immer blasser und aufgeregter wurde, sprach der große Benni ein Machtwort.
»Schluss«, sagte er. »Ende. Aus. Die Sache ist erledigt.«
Wir hielten sofort den Mund. Vielleicht liegt es daran,

dass Ben grundsätzlich nicht viele Worte macht. Die, die er macht, fallen da irgendwie mehr ins Gewicht.
Doch Bella betrachtete unsere enttäuschten Gesichter und ertrug sie nicht. »Um Himmels willen«, rief sie. »Dann fahrt halt!«
»Ich lasse auch Anna nichts tun, was ich nicht selbst tun würde«, versicherte ich meiner Tochter, während Anna in Jubel ausbrach.
Da seufzte Bella tief und sagte: »Ja, eben.«

Liebe Anna,

meine Mutter sagt, das Hotel ist prima. Sie hat schon selbst dort geschlafen. Damals vor zwei Jahren, als sie hier eine Wohnung für uns gesucht hat. Ihr werdet es dort schön haben, sagt sie.
Fein, dass du kommst!

Jan

7

»Hallo, Bloom«, hat er gesagt, als er sie sah.

Sie hat geblinzelt und gar nichts gesagt. Das ist selten bei ihr. Ich wollte mich heraushalten, wie immer, und konnte es dann, wie immer, doch wieder nicht.

»Warum nennst du sie plötzlich Bloom?«, habe ich Jan gefragt.

»Sie heißt doch so«, hat er gesagt und mit weißen Zähnen gelacht. »Und sie sieht heute so aus.«

Zwei Jahre haben sie sich nicht gesehen und meine Enkelin trägt keine kurzen Locken mehr, sondern lange, sie braucht inzwischen einen BH und benutzt Wimperntusche. Dass sie noch immer auf den Kastanienbaum klettert, kann man nicht sehen. Aber ahnen kann man es, wenn man sieht, wie ihre Augen blitzen.

Jan ahnt es. Und trotzdem ist aus Anna nun Bloom geworden.

Meiner Anna gefällt das.

»Es ist, als würde er mich Süße nennen«, flüstert sie mir abends von ihrem Bett aus zu.

Wir haben die Lichter gelöscht und die Fenster geöffnet. Draußen ist Amsterdam noch wach und hell und hörbar gut gelaunt. Anna auch.

»Aber Bloom«, flüstert sie zufrieden, »Bloom ist so viel besser als Süße!«
Und ich gebe ihr recht, weil ich daran denke, dass du mich auch Blume genannt hast.

Liebe Mama, lieber Papa und lieber Benni,

seht ihr die schmalen bunten Häuser auf der Karte? Mit dem Wasser davor? Und den ganzen Booten? Genauso sieht es hier aus!
Es ist herrlich, herrlich, herrlich, und ihr seid die Besten, weil ihr uns fahren ließt!
Bloom

Ihr Lieben,
es bleibt nur Platz zu sagen: Alles ist gut. Also herrlich.
Küsschen,
die andere Bloom

Ich ahnte es ja schon, aber jetzt habe ich die Gewissheit: Dieser Junge ist ein Goldschatz. Einer von der echten, treuen und wertvollen Sorte.
»Halt ihn bloß fest«, würde ich Anna gerne beschwören. Aber Anna ist dreizehn. Festhalten ist der blödsinnigste Ratschlag, den man einer Dreizehnjährigen geben kann.
Also freue ich mich nur daran, dass meine Anna solch einen guten Geschmack hat. Dass sie einen Freund hat, um den man sie beneiden kann. Und dass dieser Freund uns seine Stadt zeigt. Denn seine Stadt ist es in den vergangenen zwei Jahren geworden.
»Hier müssen wir Pommes essen«, sagt Jan. Und wir kaufen die besten Pommes frites, die ich in meinem Leben gegessen habe, und lecken uns hinterher ganz ungeniert die fettigen Finger ab.
»Hier müssen wir alte Lampen gucken«, sagt Jan. Und wir gehen in einen kleinen Antiquitätenladen, der so vollgestopft ist mit hängenden und stehenden Lampen, dass man vor lauter Lampen den Weg nicht sieht und wirklich ganz genau hingucken muss, um zu wissen, wann man den Kopf oder den Bauch einziehen muss.
»Hier müssen wir ins Wasser spucken«, sagt Jan. Und wir bleiben auf einer kleinen Brücke stehen, die über die Keizersgracht führt, und versuchen, ins Wasser zu spucken. Was ganz schön schwierig ist, weil sich an diesem schönen Frühlingstag die Ausflüglerboote so drängen und die Schiffe auch noch alle mit offenem Verdeck fahren. Ich treffe statt des Wassers fast einen Herrn mit Kamera und ohne Haare.
»Hier müssen wir kurz stehen bleiben«, sagt Jan. Und wir

bleiben stehen und beobachten, wie mitten in Amsterdam Reiher aufs Straßenpflaster niedersinken, um sich zwischen Marktbuden an Fischabfällen gütlich zu tun.
»Hier müssen wir uns hinsetzen«, sagt Jan. Und wir setzen uns in den Park beim Rijksmuseum zwischen lauter andere Leute und wir sitzen nur und irgendwann legen wir uns ins Gras zurück und blinzeln hinauf in den Himmel und alles ist gut.
Bist du nicht neidisch, dass du das alles nicht erleben kannst? Ich an deiner Stelle würde platzen vor Neid.

Mein lieber Anna-Schatz,

wenn du mit Jan zurück ins Hotel kommst, bin ich vielleicht noch nicht da.
Dann bin ich noch aus. Ich!
Denn ER ist vorbeigekommen! Wirklich und tatsächlich. In Amsterdam, nur um mich zu sehen. Das machen Brieffreunde so, nicht wahr? Hin und wieder. So wie du und Jan.
Er hat mich zum Essen eingeladen, aber ich habe gesagt, mehr als ein Kaffee und ein winziges Stück Kuchen sind nicht drin.
Er hat gesagt: Achtest du noch immer auf deine Tänzerinnenfigur, schöne Frau?
Und ich habe gesagt: Nein, nur auf mein anderes Bein.
Aber dann tat es mir schon leid, das gesagt zu haben, und ich habe ganz schnell erklärt, dass uns nur so wenig Zeit bleibt, weil ihr bald wiederkommt.

Doch er hat nur gelacht und gesagt: Jede einzelne Minute mit dir und deinem einen Bein ist ein Gewinn.
Also warte bitte noch einen Augenblick, dann bin ich da und wir können zu Abend essen.

Oma Bloom,
die schöne Frau

Liebe Oma,

ich bin mit zu Jan nach Hause gegangen. Seine Mutter kocht uns etwas und sie bringen mich später wieder zum Hotel, sagt Jan.
Wehe, du kommst mich holen. Wehe, du rufst an.
Geh und lass dich einladen von IHM.
Hab Spaß!
Und morgen will ich alles wissen.
Kuss

Bloom

PS
Sie hatten tolle Platten in dem Laden! Ich habe dir eine mitgebracht. Eine, zu der du getanzt hast, als du sechzehn warst.

8

Mein liebes linkes Bein,

heute hat sich jemand nach dir erkundigt. Es war eine impertinente Person, würde ich sagen.
»Oh, wie schrecklich. Was ist denn mit Ihrem Bein passiert?«, fragte sie mich, als sie eigentlich unsere Bestellung hätte aufnehmen sollen.
Ich widerstand der Versuchung, mein hochgerutschtes Hosenbein über den künstlichen Knöchel wieder nach unten zu ziehen. »Oooh«, fing ich mit meiner Erklärung an, kam aber nicht weit.
»Es wurde von einem tollwütigen Elefanten zerquetscht«, sagte Anna.
»Es wurde unter einem entgleisten Zug begraben«, sagte Jan.
»Es war ihr einfach nicht mehr schön genug«, sagte Henri. »Da hat sie es abnehmen lassen.«
Ich lächelte die inzwischen mauloffen dastehende Person an. »Nun«, sagte ich, »jetzt wissen Sie ja Bescheid. Könnten Sie uns bitte viermal den Früchtebecher bringen? Mit extra viel Sahne? Danke.«
Die impertinente Person trollte sich. Und sprach mit uns

kein einziges Wort mehr. Schade eigentlich, denn ich bin ihr ja eine Antwort schuldig geblieben. Willst du wissen, wie sie gelautet hätte? So:
Du bist mir einfach abhandengekommen. Wie anderen Menschen ein Stock oder Hut.
Also bilde dir ja nichts darauf ein.

Liebes verloren gegangenes Bein,

es tut mir leid, es dir sagen zu müssen, aber du hast wirklich etwas versäumt.
Was?
Die einbeinigen Piraten vom Rosensteg haben zum ersten Mal ihr Boot gesehen!
Es ist so lang, dass Anna und ich, Jan und Henri, Jans Mutter Helen und Helens Freund James alle hineinpassen. Es ist so flach, dass man die Hand ins Wasser hängen kann, wenn man sich ein wenig vorbeugt. Es hat einen starken, zuverlässig tuckernden Außenbordmotor und hört auf den schönen Namen Juliet II.
Anna und ich standen stumm vor Staunen. So lange, dass Jan schließlich fragte: »Sollen wir ohne euch ablegen?«
Hoho, von wegen.
»Was ist denn mit Juliet der Ersten passiert?«, fragte ich, während Henri mir an Bord half.
»Verstorben«, sagte James. »In Verona. Vor langer Zeit.«
Henri lachte.
Ich dachte: Aha, James hat eine Vorliebe für Shakespeare und

Helen eine für romantische Schwärmer. Das könnte passen. Anna und Jan saßen so dicht nebeneinander, dass sich ihre Knie und Ellenbogen fast berührten. Sie sahen geradeaus, auf die kleinen Wellen mit den weißen Schaumkronen, die Juliet die Zweite hinter sich herzog, auf die Enten, die mit ihren Küken in unserem Fahrwasser schaukelten, und auf all die Menschen, die auf dem Wasser, am Ufer und auf den vielen kleinen Brücken die Frühlingssonne genossen. Nur einander an sahen sie nicht.
Jetzt passiert es also, dachte ich.
Ich schwöre, ich konnte sehen, wie sich etwas zwischen ihnen veränderte. Und wie sie das sprachlos machte.
Als wir anlegten, Stunden später, gingen nicht die Anna und der Jan von Bord, die sie heute Morgen noch gewesen waren. Und das machte mich ein bisschen sentimental.

Ach nein, du mein liebes linkes Bein,

dass du auch das verpasst hast!
An unserem letzten Abend in Amsterdam waren wir tanzen. Ja, ganz recht, ich sage: wir. Denn auch ich habe getanzt. Einen Walzer. Es war der schönste Walzer meines Lebens.
Wir saßen unter süß duftenden Linden und bunt leuchtenden Lichterketten, lauschten drei Straßenmusikanten und genossen das Leben. Ich zumindest tat das.
In diesem Moment sagt doch mein Henri zu mir: »Wie ist es, Annabelle, wollen wir ein Tänzchen wagen?«

Mir blieb fast das Herz stehen.
Vor Freude, weil er mich gefragt hatte.
Und vor Trauer, weil es doch nicht geht.
Dachte ich. Aber Henri hatte sich das ganz anders gedacht.
»Anna, schöne Anna«, sagte er und sah mir tief in die Augen, »wer hat mit dir in Paris getanzt, bis sie die Stühle auf die Tische stellten? Und wer hat mit dir noch auf der Straße getanzt zu Musik, die nur wir beide hörten?«
Das war er. Oh, und wie er das war! Er war ein wundervoller Tänzer, mein Henri.
Die Kinder machen große Augen, während er erzählt. Helen lehnt sich aufseufzend an James' Schulter und James legt seine bärtige Wange auf ihren Scheitel. Für sie klingen Henris Erzählungen wildromantisch. In mir wecken sie bittersüße Erinnerungen.
Wage ich es, neue zu schaffen?
An Henris Arm bahne ich mir einen Weg zu einem Stück glatt gepflastertem Bürgersteig und in Henris Armen folge ich langsam den Walzerklängen. Damals war ich jung, so jung, dass ich das Leben in mir spüren konnte. Jetzt bin ich alt. Aber glücklich bin ich.
Der Himmel dunkelt langsam ein, doch ich merke es nicht. Ich sehe nur Henri.
Schweigend gehen wir später zurück zum Hotel.
Helen und James schlendern ineinandergeschmiegt voran. Henri und ich wandern hinterher. In einiger Entfernung folgen uns Anna und Jan. Nur weil ich mich nach ihnen umdrehe, sehe ich es: Jan greift nach Annas Hand.
Zögernd tut er es. Und zögernd lässt sie ihn. Als sie weitergehen, halten beide den Blick auf ihre verschränkten Finger

geheftet. So als könnten sie einfach nicht fassen, was sie da tun, was da passiert.
Mir geht es genauso. Ich drehe mich schnell wieder um. Habe Herzklopfen. Feuchte Augen. Und ein Lächeln auf den Lippen. Das hier ist ihr Moment!
Ich glaube zu wissen, wie sich meine Anna jetzt fühlt. Und ich denke, daran wird sie sich erinnern: in jener Nacht Hand in Hand mit ihrem Jan durch Amsterdams Straßen gelaufen zu sein.
Ich jedenfalls werde es nie vergessen.

9

Liebe Mary-Lou,

wo bist du, wenn ich dich brauche?
Sitzt irgendwo an der Riviera und lässt dir die Sonne auf den Bauch scheinen.
Wir sind zurück aus Amsterdam. Und ich weiß nicht, was ich tun soll. Ich weiß eigentlich auch nicht, warum ich dir diesen Brief schreibe. Bis der dich erreicht, bin ich wahrscheinlich durchgedreht.
Ich wollte dich anrufen. Dreimal hatte ich schon den Hörer in der Hand, zweimal hatte ich schon deine Nummer gewählt, aber ich habe immer wieder aufgelegt. Nicht weil meine Mutter sich wegen der Telefonrechnung aufgeregt hätte. Also, sie hätte. Sie hätte »Ins Handynetz!« gerufen oder »Nach Italien!« oder »Bist du des Wahnsinns?«. Aber das war nicht der Grund. Sondern dass ich nicht weiß, wie ich das in Worte fassen soll, was passiert ist. Und was das mit mir macht. Deswegen rede ich auch nicht mit Oma.
Ich befürchte allerdings, demnächst werde ich einfach platzen. Dann sprudelt es nur so aus mir heraus, ganz wirr und ungeordnet! Und wer zufällig neben mir steht, kriegt alles zu hören. Über Amsterdam. Die Grachten. Oma und Henri. Und Jan. Vor allem Jan. Immer wieder Jan.

Ich hätte gern, dass du dieser Jemand bist. Komm bitte bald nach Hause!

Ann

Mein liebes linkes Bein.

Jetzt ist es schlimmer als vorher.
Warum? Das ist ganz einfach zu erklären.
Man stelle sich vor, du wärst plötzlich, ganz unverhofft, wieder bei mir und wir könnten uns zu zweit des Lebens freuen.
Ich wäre himmelhochjauchzend!
Und würde deshalb tief, ach so tief fallen, stünde ich dann auf einmal doch wieder ohne dich da. Ich würde dich garantiert noch viel mehr vermissen als vorher.
Genauso geht es mir jetzt mit Henri.
Und noch schlimmer: Genauso geht es meiner kleinen Anna mit Jan.
Ich weiß ja, wie das ist! Die Sehnsucht. Der Herzschmerz.
Aber für Anna ist es das erste Mal.

Lieber Henri,

Bella hat sich erkundigt, ob wir sie mit Absicht in den Wahnsinn treiben oder nur so aus Versehen.
»Seitdem ihr aus Amsterdam zurück seid, seid ihr so übellaunig, dass es nicht zum Aushalten ist«, schimpfte sie.
»Du verstehst das nicht«, fauchte Anna. »Keiner versteht das.«
Da hat sie unrecht. Ich weiß noch, wie das war, zum ersten Mal verliebt zu sein. Und Bella vielleicht auch. Ich weiß auch noch, wie das war, zum ersten Mal Liebeskummer zu haben. Ich muss leider sagen: Es wird nicht leichter, damit fertigzuwerden. Auch nicht im Alter.
Oder was sagst du?

Danke für die Blumen, lieber Henri.

Sie stehen auf meinem Nachttisch, Bella hat mir ihre liebste Vase dafür gegeben, ich war sehr gerührt. Jetzt rieche ich noch abends im Einschlafen Rosenduft und sehe morgens beim Aufwachen als Erstes weiße Fresien.
Ich vermute, du wolltest mir damit etwas sagen. Was wird es wohl sein?
Ich weiß ja, die richtigen Worte zu finden ist schwer. Anna versucht es gerade, kommt aber nicht sehr gut voran. Sie redet weder mit Bella noch mit mir über Amsterdam. Also über Jan. Und jene Nacht.
Und sie hat Jan noch immer nicht geschrieben. Nicht mal

die Dankeskarte, zu der Bella sie drängt. Ich sie auch, zugegeben. Sie versucht es wirklich! Immer wieder sehe ich sie an ihrem Schreibtisch sitzen. Doch soweit ich weiß, hat sie bis jetzt keinen Brief abgeschickt.

Hoi Jan!

Siehst du, ich kann schon Holländisch!
Das liegt daran, dass ich es so großartig fand und ganz verliebt war in Amsterdam …

Ahoi erster Maat!

Was macht unser Boot, wie geht es Juliet der Zweiten?
Ich muss oft an sie denken. Und an dich …

Lieber Jan,

so wird das nichts. Ich versuche es jetzt anders. Aber ich befürchte, das wird der seltsamste Brief, den ich je geschrieben habe. Und ich habe schon viele seltsame Briefe geschrieben. Frag Oma.
Was diesen hier so besonders macht, ist: Ich werde ihn nicht abschicken. Nein, niemals!
Das habe ich von Oma Bloom gelernt.
Sie hat an Henri geschrieben, immer und immer wieder.

Nicht nur weil sie ihm etwas zu sagen hatte, sondern weil sie überhaupt etwas zu sagen hatte.
Und genau wie sie weiß auch ich nicht, wem ich sagen soll, wie ich mich fühle. Ich weiß ja nicht einmal, wie ich mich fühle! Ich weiß nur, so habe ich mich noch nie gefühlt. Und ich bin mir nicht sicher, ob es mir gefällt.
Ich gestehe: Ich muss immerzu an dich denken.
Ich verstehe jetzt, warum Mädchen, die in Tagebücher schreiben, ihre Tagebücher verstecken. Ich verstehe jetzt sogar, warum manche für ihre Tagebücher ein Schloss haben! Dass jemand diese Sätze liest, würde ich auch nicht wollen.
Deshalb schicke ich diesen Brief auch nicht ab. Sondern einen anderen.

Deine Anna

Lieber Jan,

wie geht es dir? Mir geht es gut.
Es war ehrlich schön in Amsterdam. Findet Oma auch. Ich soll dich herzlich grüßen. Und Helen natürlich!
Vielen Dank und hoffentlich auf bald. Ja?

Gruß,
Anna

10

Kein Wort von Jan. Ich weiß das genau, denn ich sitze immer schon mit einem großen süßen Milchkaffee am Küchentisch, wenn Ben die Post hereinholt. Während mein Kaffee dampft und die Sonne sich um die Ecke schiebt, schaue ich meinem Schwiegersohn dabei zu, wie er die Briefe durchblättert. Manchmal lächelt er plötzlich, sagt: »Für dich, Anna B.«, und reicht mir einen Brief von dir. Doch für meine kleine Anna war seit unserer Rückkehr nichts dabei.
Anna macht das ganz unglücklich. Aber ich denke daran, wie es vorher war. Zwei Jahre lang hatten sie sich nicht gesehen, ein Jahr lang haben sie nichts voneinander gehört und trotzdem hat Jan sie nicht vergessen. Im Gegenteil. Ich bin sicher, wenn er sich endlich meldet, tut er es mit einem Paukenschlag.
In der Hinsicht ist er ein bisschen wie du.

Lieber Jan,

das wird wieder so einer von diesen Briefen.
Heute war ich bei Mary-Lou. Sie ist endlich zurück und ich bin sofort zu ihr rübergeradelt. Ihre Eltern haben ein riesiges Haus. Es liegt direkt am Park, aber eigentlich könnte man auch glauben, es liege im Park und der Park gehöre zum Haus dazu, so riesig ist es. Und so beeindruckend.
Eine Stadtvilla ist das, sagt Oma. Jugendstil.
Ziemlich fein, finde ich. Wenn das Jugendstil ist, dann gefällt er mir.
Mary-Lou hat die Tür aufgemacht. Barfuß war sie. Mit mintgrün lackierten Zehennägeln und braunen Waden. Ihre Beine sind anders als meine, runder, weicher. Ihre Arme auch. Ich finde, Mary-Lou sieht einfach mehr aus wie ein Mädchen als ich. Sie ist mir auch fast zwei Körbchengrößen voraus.
»Süße«, sagt Mary-Lou und gibt mir Küsschen zur Begrüßung. Eins auf die linke Wange und eins auf die rechte. Das ist neu. Wenn man sich zwei Wochen nicht sieht, kann so was schon mal passieren, denke ich. Und bin dann ganz erleichtert, dass Mary-Lou sich in der Küche ein paar Beutel Lakritzschnecken und Weingummis für uns schnappt. Das hat sie nämlich vor ihrem Urlaub auch immer so gemacht.
Wir gehen in ihr Zimmer (riesig!) und werfen uns auf ihr Bett. Sie mit den Füßen am Fußende, ich mit den Füßen zum Kopfende hin. Zwischen uns die Weingummis. Wir teilen gerecht, sie kriegt die roten und ich die gelben. Dann soll ich erzählen. Ich bekomme es nicht sehr gut hin, aber Mary-Lou scheint trotzdem zu verstehen, was passiert ist.

»Und?«, fragt Mary-Lou am Ende und stupst mich mit einem Zeh an. »Warum hast du ihn nicht geküsst?«
Das fragt sie so, als wäre es ganz selbstverständlich, dass man das tut, und als müsste ich wissen, wie man das macht. Küssen.
Mary-Lou weiß genau, wie es geht. Sie hat schon den schönen Torben geküsst, den aus der Neunten. Und Matthias aus unserer Klasse. Und an der Riviera irgendeinen Diplomatensohn. »Wenn man den Bogen erst mal raushat«, sagt sie, »ist es ganz einfach. Wenn beide nicht wissen, was sie tun, ist es natürlich schwieriger.«
»Erkläre es mir«, verlange ich. »Dann traue ich mich vielleicht beim nächsten Mal. Wenn es denn eines gibt.« Ich sage ihr nicht, dass es mir in jener Nacht gar nicht eingefallen ist, Jan zu küssen. Ich kann ihr nicht mal sagen, wie überwältigt und verwirrt ich war. Okay, bin.
»Hm«, macht Mary-Lou. Aber es ist kein abwehrendes Hm, sondern mehr ein nachdenkliches. Sie greift in die Weingummitüte. »Lass mal sehen«, sagt sie kauend. »Beim ersten Mal ist es fast das größte Problem, ihm klarzumachen, dass du geküsst werden willst. Du musst ihn also entweder selbst küssen oder ihm ein Zeichen geben.«
»Das klingt kompliziert«, sage ich beunruhigt.
»Alles eine Sache der Erfahrung«, sagt Mary-Lou achselzuckend.
Erstaunlicherweise kann sie so etwas sagen, ohne eingebildet zu klingen.
»Am besten rückst du ganz nah an ihn heran. Viel näher als normal, so mit Körperkontakt. Und schaust ihn an. Schau auf seinen Mund. Wenn du dann ein bisschen den Kopf schief

legst, bist du in der optimalen Position, um geküsst zu werden.«

Ich bin beeindruckt. »Okay«, sage ich. »Nah ranrücken. Kopf schief legen. Und dann?«

Mary-Lou greift sich drei Weingummis auf einmal. »Na, wenn er es dann immer noch nicht kapiert, küsst du ihn einfach. Ist doch klar.«

»Ja, aber wie?« Ich kann nicht fassen, dass sie denkt, jetzt aufhören zu können.

Mary-Lou schluckt Weingummis hinunter. »Du legst deine Lippen auf seine, ganz normal. So.« Sie richtet sich auf, nimmt meinen Kopf in beide Hände und drückt mir einen festen Kuss auf die Lippen. Er schmeckt nach Kirsche.

Ich blinzele sie an. »Das ist doch noch nicht alles!«

Sie lässt mich los und fällt wieder zurück in ihre Kissen. »Nein, aber jetzt hat er kapiert, was Sache ist. Jetzt könnt ihr ernst machen. Vielleicht erst mal nur mit geöffneten Lippen, ohne Zunge.«

»Und das ist schön?«, frage ich.

Mary-Lou seufzt tief auf. »Du hast ja keine Ahnung.«

Da hat sie leider recht.

Lieber Jan,

was bin ich froh, dass du auch diesen Brief niemals lesen wirst. Das wäre einfach zu peinlich!
Eigentlich tat es gut, mit Mary-Lou zu reden. Endlich von dir erzählen zu können. Ich fühle mich um circa zehn Pfund leichter! Vielleicht sogar um zwanzig. Aber jetzt denke ich ständig darüber nach, wie es wäre, dich zu küssen. Ob ich dich hätte küssen sollen. Und ob ich wohl noch einmal die Chance dazu kriege. Oder die Gelegenheit verpasst habe. Und es das war. Für immer.
Das macht mich wütend. Und traurig. Zu gleichen Teilen. Warum kann ich nicht wie Mary-Lou sein? Dann hätte ich gewusst, wie man küsst. Dann hätte ich dich geküsst. Und dann würdest du mich jetzt nicht vergessen.

»Oma«, hat mich Anna gestern gefragt. »Erinnerst du dich noch an deinen ersten Kuss?«
Und ob ich mich erinnere. Manche Bilder sind unscharf geworden im Laufe der Jahre, aber manche stehen mir noch so klar vor Augen, als seien sie erst gestern eingefangen worden.
»Es war im Winter«, sage ich. »Es schneite. Und er hat mich einfach gepackt.«
Anna sieht beeindruckt aus. »Wow«, murmelt sie. »Opa.«
Ich sage ihr nicht, dass es nicht Opa war, der mich damals im Schnee küsste.
Ich frage sie auch nicht: Willst du das aus einem besonderen

Grund wissen, mein Schatz? Denn ich weiß ja, dass es so ist. Ich weiß auch, dass ihr nicht klar ist, wie leicht sie gerade zu durchschauen ist. Und dass es ihr peinlich wäre, wüsste sie es.

Ich überlege, wie ich ihr trotzdem helfen kann. »Es gibt viele erste Küsse«, sage ich. »Für jede neue Liebe einen. Und das ist ganz in Ordnung so.«

Annas Augen blitzen. »Aber wenn ich nur den Einen küssen will?«, fragt sie fast böse.

Es scheint, meiner Anna gehen vor ihrem ersten Kuss ganz andere Dinge durch den Kopf als mir damals.

Jetzt küsse ich sie. Genau dorthin, wo sich ihre glatte Stirn in Zornfalten legt. »Wenn du nur diesen Einen küssen willst, dann ist er wirklich ein glücklicher Mann.«

Lieber Jan,

du bist ein glücklicher Mann, sagt Oma.
Warum siehst du das nicht?
Und warum schreibst du mir nicht?
Ich hasse dich.

Anna

Lieber Jan,

ich nehme das zurück. Natürlich hasse ich dich nicht.
Ich weiß gar nicht, ob ich überhaupt jemanden hassen könnte.
Ich denke, ich hasse nichts und niemanden. Außer vielleicht Fenchel. Und nachträglich Hitler.
Aber dich? Dich vermisse ich nur.
Und ich fühle mich gar nicht hasserfüllt.
Nur traurig.
Sehr traurig.

Lieber Henri,

weißt du was? Meine Bella ist eine gute Mutter.
Ich frage mich, von wem sie das hat.
Heute saß sie im Wohnzimmer und arbeitete an ihren Entwürfen, als Anna hereinkam. Anna war unruhig. Sie ging zum Radio, schaltete es ein und schaltete es wieder aus, griff sich eine Zeitschrift und ließ sich damit in Bens Sessel fallen, blätterte in dem Heft herum, schlug es dann zu, warf den Kopf in den Nacken und schnaubte frustriert.
Anna erinnert mich oft an ein junges Füllen, das nicht still stehen kann und die Nüstern überall hineinstecken muss. Genauso langbeinig, genauso lebenslustig ist sie. Und im Moment auch genauso unberechenbar.
»Komm doch mal her«, sagte da Bella und klopfte neben sich auf die Sofapolster.
Anna zog eine Schnute mit ihrem schönen Mund, gehorchte

aber umgehend. Das heißt, die Schnute war nur Show, eigentlich fand sie es ganz nett, von ihrer Mutter gebeten zu werden. Sie ließ sich in die Kissen fallen.

Bella schob ihrer Tochter den Skizzenblock hin. »Was meinst du?«, fragte sie.

»Hübsch«, meinte Anna. Dann sah sie genauer hin. »Vor allem das Grüne«, erklärte sie. »So eins hätte ich auch gerne.«

Bella strich Anna eine Locke aus der Stirn. »In Grün siehst du ja auch großartig aus.«

Sie schwiegen.

Ich war ganz atemlos auf meinem Beobachterposten am Küchentisch. Die Durchreiche zeigte mir genau den richtigen Ausschnitt des Mutter-Tochter-Schauspiels. Ich sah die beiden Blondschöpfe sich über die Zeichnung beugen. Anna schaute aufs Papier, Bella schaute auf Anna. Ich dachte: Bella weiß genau, wenn sie Anna auf Amsterdam anspricht, beißt Anna ihr wahrscheinlich den Kopf ab. Wird verlegen bis wütend. Aber wenn Bella ihre Tochter nicht anspricht, wird sie damit leben müssen, dass Anna im Moment Geheimnisse vor ihr hat.

Bella zögerte. Vielleicht weil sie nicht weiterwusste, vielleicht aber auch, um ihrer Tochter zu zeigen, dass sie sich nicht aufdrängen wollte, griff sie nach einem gelben Buntstift.

Ich hielt den Atem an.

»Mama«, sagte da Anna, »hast du von Anfang an gewusst, dass du Papa heiraten willst?«

Ich lächelte in meinen Kaffee.

»Nein«, sagte Bella und ließ mit einem sehr erleichtert klingenden Aufseufzen ihren Stift sinken. »Aber Papa hat es gewusst. Jedenfalls behauptet er das.«

Anna dachte eine Weile darüber nach. »Und wenn keiner von euch beiden es gewusst hätte, hätte es dann trotzdem klappen können?«

»Anna«, sagte Bella, »in der Liebe ist fast alles möglich. Und man muss nicht mit dreizehn wissen, wen man heiraten will.«

»Nicht mal, wenn man fast vierzehn ist?«

»Nein«, antwortete Bella entschieden, »nicht mal dann.«

»Und was macht man stattdessen?«, fragte Anna und ich hörte die Ratlosigkeit in ihrer Stimme.

»Man fühlt, was man eben fühlt«, sagte Bella. »Und versucht, damit klarzukommen. Das allein ist schon schwierig genug.«

Wie recht sie doch hat.

»Aber wenn man anders fühlt als der andere«, fing Anna wieder an und biss sich dann auf die Lippen.

Bella brauchte ein wenig, bis sie eine Entgegnung über die Lippen brachte. Sie muss erst noch verkraften, dass ihre kleine Anna sich verliebt hat. Ich überlege, wie das für mich war, damals, als Bella jung war und ich jünger als heute. Ich befürchte, ich war nicht wie Bella. Ich befürchte, ich habe nicht versucht, mit meiner Tochter zu reden. Richtig zu reden. Eigentlich tue ich das ja immer noch nicht …

»Auch dass die eigenen Gefühle nicht erwidert werden, kommt natürlich vor«, sagte Bella schließlich. »Leider. Und auch damit muss man klarkommen.«

Anna sah ihre Mutter an. »Und wenn ich nicht weiß, ob er so fühlt wie ich?«

Bellas Hände zuckten, als wollten sie ganz dringend nach Anna greifen. Stattdessen zückte ihre Rechte wieder den Stift, Bella holte tief Luft und sagte: »Dann wirst du es herausfinden.«

»Oma«, hat Anna gesagt, »was meinst du, warum schreibt Jan mir nicht?«
»Womöglich, weil er ein Mann ist. Die lassen häufig lieber Taten als Worte sprechen«, antwortete ich. Und dachte: Gott sei Dank, jetzt reden wir endlich wieder über ihn!
»Aber Henri schreibt dir doch auch!«
Das ist wahr. Danke dafür, mein Herz. »Nun«, sage ich vorsichtig, »vielleicht hat es ja auch gar nichts zu bedeuten, dass Jan dir nicht schreibt.«
»Vielleicht aber doch!«
»Warum schreibst du ihm denn nicht?«
Anna ist still.
Ich sage: »Man muss sich eben trauen. Er genauso wie du. Das hatten wir doch schon.«
Anna seufzt abgrundtief. »Oma«, sagt sie. »Ich wäre wohl doch ein schlechter Pirat geworden.«
Irgendwie glaube ich das nicht.

Hoi Jan,

was machst du so? Fährst du oft mit der »Juliet«? Mir bleibt hier nur das Radfahren.
Immer wenn ich zum Fußballtraining radle, komme ich an deinem Haus vorbei. Dein Vater lässt dich grüßen. Er sagt, er habe das Gefühl, sogar unser Kletterbaum vermisst dich. Der rausche jetzt ganz anders im Wind als früher, sagt er.
Ich denke, es liegt daran, dass keine Drachen mehr in den Ästen festhängen. Und keine Federbälle.
Wenn du mal wieder vorbeikämst, könnten wir ja neue hinaufschießen.

Grüße,
Anna

Hoi Anna Bloom,

jetzt hast du mir ein schlechtes Gewissen wegen des guten alten Ahorns gemacht. Grüße ihn bitte recht herzlich, wenn du mal wieder an ihm vorbeikommst.
Ja, die Juliet. Unser Ausflug mit ihr hat mich zum Seefahrer gemacht. Ich habe beschlossen, mich weiterzubilden, und meine Mutter überredet, mich in eine Segelschule zu schicken. Auf der Insel Poel kann man Segeln lernen. In drei Wochen. Man braucht nur ein bisschen Sommerferien dazu.

Was hältst du davon?
Ich finde ja, ein Pirat muss wissen, wie er seine Segel zu setzen hat. Also, kommst du mit?
Du kriegst Boote, die Ostsee und hoffentlich Sonne.
Was willst du mehr?

Jan

Lieber Henri,

meine kleine Anna dreht durch. Vor Glück. Vor Liebe.
Jan will in ein Segelcamp oder so etwas. Und er will, dass Anna auch mitfährt.
Bella kriegte natürlich sofort wieder Angst. Zu Anna hat sie gesagt: »Wir reden darüber. Okay? Papa und ich. Und«, mit einem Seitenblick auf mich, »Oma.«
Anna war so zappelig, dass sie kaum still stehen konnte. Sie hüpfte auf und ab und stellte sich abwechselnd auf das rechte und das linke Bein. Wie ein Flamingo. Oder wie die Anna mit zwölf, die versuchte herauszufinden, wie sich ein Einbeiniger fühlt. »Da steht alles drin«, rief sie und tippte mit dem Zeigefinger auf die Broschüre, die sie vor uns auf dem Küchentisch ausgebreitet hatte. »Was es kostet, wo wir wohnen und wer auf uns aufpasst. Schaut euch auch die Fotos an. Es ist phänomenal großartig dort. Sagt auch Jan. Und findet auch seine Mutter.«
Dann war sie weg.
Ben begann, neugierig durch das Heftchen zu blättern. »Al-

tes Gutshaus. Badesteg. Boote. Toll. Warum dürfen da denn nur Kinder hin?«
Bella schaute ihn böse an und nahm ihm den Prospekt aus der Hand. »Vierbettzimmer«, las sie vor. »Die Jungs im ersten Stock, die Mädchen im Dachgeschoss. Na, das ist nicht weit voneinander entfernt.«
»Lauter Teenager auf einem Haufen?«, sagte Ben grinsend. »Ja, da gibt es immer Streit.«
»Lauter Teenager auf einem Haufen!«, rief Bella. »Da verliebt sich immer irgendwer.«
»Mit Sicherheit«, bestätigte ich.
»Ja, aber unsere Anna ...«, fing Bella wieder an und stoppte sich dann selbst.
Ben sah seine Frau mit hochgezogenen Brauen an.
»Unsere Anna soll sich auch verlieben«, murmelte sie. »Ich dachte nur immer, vielleicht erst später. Viel später.«
Ich sagte: »Es ist doch eh schon passiert.«
Ben öffnete den Mund und schloss ihn wieder.
»Und Liebe kann so schön sein«, seufzte ich.
»Und so wehtun«, stöhnte Bella.
Ben fand seine Stimme wieder. »Da muss Anna durch«, erklärte er entschieden.
Wir wussten alle, dass er recht hat.
»Tja«, sagte Bella tapfer. »So ist das eben mit dem Erwachsenwerden.«
Ich glaube tatsächlich, ich hatte sogar etwas Mütterliches im Blick, als ich sie ansah. »Tja«, sagte ich, »und so ist das mit dem Erwachsensein.«

11

Ahoi, ihr Daheimgebliebenen!

Das auf der Karte ist unser Seeheim. Und unser Strand. Und unser Steg. Ja, der Himmel ist wirklich so blau. Wenn es nicht gerade regnet natürlich.
Wir sind aber bei jedem Wind und Wetter draußen. Vor allem bei Wind! Mit dem Einer-Laser bin ich schon ein halbes Dutzend Mal gekentert, aber so muss das sein, sagt Sven, unser Segellehrer. Erst wenn man weiß, dass man sein Schiff immer wieder aufrichten kann, verliert man die Angst davor, dass es umkippt. Sagt Sven.
Jan sagt Hoi.
Ich rufe bald wieder an, schreiben tu ich sowieso, hier geht die Post täglich raus.
Liebe Grüße!

Anna

Liebe Mama,

danke für das Fresspaket. Hat Oma dich zu den Schokoladenkeksen überredet? Sie sind spitzenmäßig angekommen, ich habe sie mit den anderen auf meinem Zimmer geteilt, das machen wir hier so.
Es ist nicht ganz gerecht, denn bis jetzt haben nur Sofie und ich Pakete gekriegt. Gut, Serafina auch, aber da war lauter ungenießbares Zeug drin. Sie hat allerdings zwischen all den Konserven und Gläsern noch einen Umschlag gefunden und darin steckte ein Fünfzig-Euro-Schein. »Davon lade ich euch auf ein Eis ein«, hat sie erklärt. Wenn sie das wirklich tut, ist das ja ausgesprochen nett.
Sarah hat weder Geld, noch kriegt sie Pakete. Sie kann sich also nicht dafür revanchieren, dass sie bei uns mitisst. Und sie isst viel. Sie fragt nie, wenn sie noch einen Keks aus der Packung nimmt, und sie guckt mich immer böse an, wenn ich ihr einen anbiete. Könnte sie nicht ein bisschen netter sein? Vor allem, weil man ihr doch etwas schenkt?
Jan sagt, es ist nicht leicht, nichts zu haben und trotzdem dankbar zu sein. Er ist immer freundlich zu Sarah. Ich weiß nicht, wie er das macht, aber ich versuche, es ihm gleichzutun.
Was noch? Nein, ich bin nicht krank. Ja, ich ziehe mich immer warm genug an. Und schlafen kann ich, wenn ich tot bin! Das sagt Oma immer.
Grüße auch an Benni und Papa.

Anna

Liebe Oma,

ich glaube, das hier ist das Paradies. Wenn ich nicht schon lange Pirat wäre, würde ich spätestens jetzt eine Karriere zur See in Erwägung ziehen.
Warum?
Nirgendwo fühle ich mich so lebendig wie auf dem Wasser, mit dem Wind in meinem Haar und dem Salz auf meiner Haut. Jeden Abend schlafen wir ein zu dem Nachtgesang der Boote, die sich auf dem Wasser wiegen und klingelnd an ihrer Vertäuung ziehen.
Und wenn ich die Augen schließe, kann ich den nächsten Morgen kaum erwarten, der mich wieder aufs Meer hinaus bringt.
Meistens segeln wir jetzt zu zweit. Ich segele immer mit Jan. Er ist ganz braun gebrannt, seine Augen sehen noch blauer aus als sonst und seine Zähne noch weißer. Er ist inzwischen einen halben Kopf größer als ich und seine Hände sind so groß und so geschickt beim Segelsetzen, dass ich Herzklopfen kriege, wenn ich sie nur ansehe.
Wenn du dich nach Henri gesehnt hast, hattest du dann auch dieses Gefühl, dass du immer unbedingt in seiner Nähe sein musst? Dass du stirbst, wenn du nicht endlich seine Haare anfassen darfst?
Ich habe sie natürlich nicht angefasst und Jan hielt auch immer Abstand zu mir. Zumindest bis zu dem einen Tag, an dem Tom herüberkam und mich fragte: »So allein, schöne Frau? Das können wir ändern.«
Da hat Jan meine Hand genommen, gesagt: »Danke, kein Bedarf, sie ist bereits vergeben«, und mich weggezogen.

Und meine Hand erst wieder losgelassen, als wir unsere Grillwürstchen bekamen und die Hände zum Essen brauchten.
Es war die beste Grillwurst meines Lebens …

Liebe Oma,

gestern sind wir abgehauen. Sag das nicht Mama! Es klingt schlimmer, als es ist.
Als ich auf meinem Bett saß und versuchte, den Brief an dich fertig zu schreiben, kam Sarah herein. Sie guckte genauso missmutig wie immer. Und sie klang auch ziemlich widerwillig, als sie sagte: »Dein Scheich steht draußen.« Aber immerhin hat sie es mir gesagt.
Draußen heißt im Treppenhaus. Die Jungs dürfen ja nicht auf unseren Flur und wir nicht auf ihren. Also muss man immer einen Boten finden, wenn man jemanden sprechen will. Dass Jan es gewagt hat, ausgerechnet Sarah zu fragen, sieht ihm irgendwie ähnlich.
Ich bin jedenfalls in meine Chucks geschlüpft und sofort rausgelaufen. Aber ein »Danke!« habe ich Sarah noch zugerufen, bevor ich zur Tür hinaus bin.
Im Treppenhaus lehnte Jan ganz entspannt neben dem Fenster, das auf den Garten hinausgeht. Er grinste, als ich die Stufen hinuntersprang.
Und ich dachte: Vielleicht hätte ich mich bemühen sollen, ihm nicht ganz so eifrig entgegenzujagen.
Zwei Stufen über ihm bremste ich ab. Plötzlich war ich verlegen. Das war ich vorher noch nie bei ihm!

Er aber grinste immer noch. Sagte: »Bloom.« Und hielt mir seine Hand hin.
Einfach so habe ich sie genommen.
Hand in Hand sind wir die Treppen hinunter, aus der Hintertür, am Kräutergarten vorbei, zwischen den Tischen und Bänken auf der Terrasse hindurch, über den Rasen bis hinüber zu den Obstbäumen. So weit dürfen wir. Aber Jan ist weitergegangen. Und ich bin mit. Ohne zu fragen. Ohne etwas zu sagen.
Hinter dem Garten beginnen schon die Felder. Gelb sind sie, rot leuchten zwischendrin die Mohnblumen. So viele Mohnblumen habe ich noch nie gesehen. Ich wusste gar nicht, wie schön sie sind. Mit ihren hauchdünnen Blütenblättern und wie sie so auf und ab nicken auf ihren dünnen Stängeln, sehen sie aus wie Schmetterlinge.
Wir sprachen nicht, während wir am Feldrand entlanggingen, unter mächtigen Baumkronen hindurch. Ich hörte auf das Knirschen der kleinen Steine unter unseren Gummisohlen, auf das Blätterrauschen über unseren Köpfen – und ich hörte mein Herz in mir drin laut klopfen. Irgendwann zog Jan wortlos an meiner Hand und mich ins Feld hinein. Wir wateten durch das Korn wie durch Wasser. Vorsichtig. Ich weiß gar nicht, ob man das darf. Ich denke mir, geknickte Halme lassen sich schwer mähen. Aber ich habe mich vorgesehen und wir haben nur wenige Halme geknickt.
Schließlich ließ Jan sich zu Boden sinken. Meine Hand lag immer noch fest in seiner, also konnte ich gar nicht anders, als neben ihm ins Feld zu plumpsen. Er streckte sich auf dem Rücken aus, ich rollte mich auf die Seite. So konnte

ich ihn ansehen, während er hinauf in den blauen Himmel starrte, über den ein paar weiße Wolken zogen.

Seine freie Hand schob er sich in den Nacken, unsere verschränkten Hände hob er an und legte sie auf seinem Bauch ab, so in Hüfthöhe. Mit dem Zeigefinger strich er über meinen Handrücken. Und obwohl die Sonne so schön auf mich herunterschien und mein Scheitel schon ganz heiß war, bekam ich eine Gänsehaut.

»Noch eine Woche, Bloom«, sagte er.

»Ja«, sagte ich. »Noch eine Woche, Jan.«

Und dann schwiegen wir wieder. Die Wolken zogen weiter und die Mohnblumen nickten ungerührt mit den Köpfen.

Ich denke mir jetzt, ich hätte vielleicht mehr sagen sollen. Oder tun. Ich denke mir, das war wieder so ein Augenblick. Ein wichtiger. Aber ich habe nicht daran gedacht, etwas zu sagen oder zu tun. Ich war in diesem Moment einfach damit beschäftigt, glücklich zu sein.

Anna

Liebe Mama,

ich muss dich etwas fragen. Wenn Jan mich mal besuchen kommen wollte, dann dürfte er doch bei uns schlafen, oder? Also, dann müsste er nicht unbedingt zu seinem Vater, nicht wahr?
Ich weiß, sie sollten sich vertragen. Ich weiß, das wäre besser. Aber Jan redet nicht mit seinem Vater. Da kann ich auch nichts machen. Und es wäre doch wirklich ungerecht, wenn wir darunter leiden müssten, dass die beiden nicht klarkommen. Denn wenn Jan mich nicht besuchen kommen darf, wie sollen wir uns dann wiedersehen?
Er sagt, ich kann immer nach Amsterdam. Aber wenn ich ständig nach Amsterdam fahren will, wird das ja ziemlich teuer. Deshalb dachte ich, wir wechseln uns ab. Was sagst du dazu? Schreib es mir bitte bald, denn die Sache liegt mir wie ein Stein im Magen. Mal sehen, vielleicht schaffe ich es ja auch bald, dich wieder anzurufen.

Liebe Grüße,
Anna

Liebe Mama,

es tut mir leid, dass ich am Telefon geschrien habe. Es hat mich nur einfach so furchtbar wütend gemacht, dass du gesagt hast, ich solle mir nicht so viele Gedanken darüber machen, wie das weitergeht mit Jan und mir. Dass das schon wird! Irgendwie!
Natürlich mache ich mir Gedanken! Wie könnte ich auch nicht? Jetzt, da wir zusammen sind, ist alles großartig. Und ich weiß doch, wie es ist, wenn wir nicht zusammen sind. Also suche ich nach einer Lösung für das Problem. Ist das nicht, was du uns immer predigst?
Jedenfalls wollte ich nicht gemein sein. Ich freue mich natürlich, dich und Papa und Benni wiederzusehen. Und es stimmt nicht, dass du mich nie verstehst. So. Wollte ich nur sagen.

Alles Liebe,
deine Anna

Liebe Oma,

nein, ich bin nicht mehr böse auf Mama. Also nicht richtig. Sie hat gesagt, natürlich dürfe Jan uns besuchen kommen. Sie hat aber auch gesagt, sie glaube einfach nicht, dass Jan so oft werde kommen wollen. Und dass ich mir jetzt deshalb nicht so viele Sorgen machen soll. Sondern einfach die Zeit hier genießen.

Doch auch wenn ich an diesem einen Nachmittag auf dem Feld ganz furchtbar glücklich war, schaffe ich es nicht, mich immer so zu fühlen. Dass unsere Zeit im Seeheim mit jeder Stunde weniger wird, liegt wie ein Schatten auf diesen Tagen, die ansonsten so sonnig und herrlich sind.
Ich finde es gemein, dass Mama denkt, Jan wird mich vergessen. Aber wenn sie es schon glaubt, soll sie es doch bitte wenigstens für sich behalten!

Gruß,
Anna

Liebe Oma,

nein, ich habe nicht daran gedacht, dass Mama sich Sorgen um mich macht. Und mich vor einer Enttäuschung bewahren will. Und mir deshalb gesagt hat, was sie denkt. Aber so wie ich Mama kenne, könntest du mit deiner Vermutung richtigliegen.
Ja, ich werde jetzt noch ein paar Tage lang alles richtig großartig finden. Deshalb schließe ich jetzt auch direkt wieder. Jan wartet. Ich gebe den Brief hier schnell unten ab, dann gehen wir segeln.

Liebe Grüße und bis bald.
Anna

Mary-Lou!

Es ist passiert!
Wir haben uns geküsst.
Kannst du das fassen???
Also ich nicht.
Ich bin auch nicht ganz normal gerade. Ich kann nicht aufhören zu grinsen. Und ich kann auch nicht still sitzen. Während ich dir schreibe, wippe ich mit den Füßen. Eigentlich will ich wieder raus und zu ihm, aber wenn ich dir jetzt nicht sofort alles erzähle, dir nicht sofort schreibe, platze ich womöglich. Vor Glück. Ob das geht?
Ja, ich weiß schon, du willst Einzelheiten. Und irgendwie will ich sie dir ja auch erzählen. Und dann auch irgendwie wieder nicht, weil es mir vorkommt, als würde ich Jan dadurch verraten. Und uns. Und diesen Moment verderben, den wir geteilt haben. Ob das geht???
Ich hoffe nicht.
Ich werde meine Erinnerungen ebenso vorsichtig vor dir ausbreiten, wie ich früher meine gepressten Kleeblätter in mein Album legte. Und die Schlüsselblumen. Und die Apfelblüten aus Omas Garten.
Wir waren segeln. Was sonst?
Aber gestern Nachmittag sind wir als Letzte vom Wasser gekommen und waren auch die Letzten, die ihr Boot abgerüstet haben. Tom rief noch »Beeilt euch!« und ist dann verschwunden. Ich hörte den Gong zum Abendessen zu uns hinunterschallen. Aber Jan rührte sich nicht. Er starrte weiter aufs Wasser.
»Wollen wir nicht gehen?«, fragte ich ihn.

»Nein«, sagte er fast böse. Und setzte sich auf den Steg.
Kurz habe ich gezögert. Weil ich so verblüfft war. Dann habe ich mich neben ihn gesetzt und die Beine über den Rand der Holzbohlen baumeln lassen. Genau wie er.
Plötzlich hat seine Hand nach meiner Hand gegriffen. Und er hat mich angesehen, irgendwie anders als sonst. Eindringlich. Aber auch fast flehend.
Ich wusste einfach, dass er mich küssen will – und es nur nicht wagt. Also habe ich seinen rechten Fuß mit meinem linken Fuß angestupst. Halb aufmunternd, aber halb eben auch irgendwie anders. Und da hat er es getan. Er hat mich geküsst.
Wir haben nicht gesprochen danach. Wir saßen einfach so lange dicht nebeneinander am Steg, bis sie Tom uns suchen schickten und er hinter uns auftauchte, um zu fragen, ob wir eigentlich noch alle beisammen hätten.
Jetzt muss ich flitzen. Nein: Ich will! Jan wartet bestimmt auf mich. Aber wir können bald ausführlich reden, denn in ein paar Tagen bin ich wieder zu Hause.
Leider.

Bis bald,
Ann

12

Liebe Oma,
mein Steuermann auf allen Weltmeeren,

na, das ist seltsam. Da komme ich nach Hause, endlich, nach all der Zeit auf See – und du bist weg! Einfach so!
Mama sagt, du hattest Sehnsucht nach deinem Haus. Eigentlich sagte sie, nach deinem Zuhause. Ich denke ja, dass der Rosensteg dein Zuhause ist. Oder kann man vielleicht mehrere haben? Dann könnte Jan zum Beispiel in Amsterdam zu Hause sein, bei Helen und James, aber auch bei seinem Vater. Wenn er denn je wieder mit ihm reden würde.
Ich glaube ja, dass du recht hattest. Damals. Als du sagtest, zusammengefasst, dass jede Geschichte zwei Seiten hat und ich Jans Vater nicht verurteilen soll. Ich weiß nicht, warum er sich eine Freundin suchte, obwohl er doch eine Frau hatte. Ich weiß nur, dass Jan seinem Vater bis heute nicht verziehen hat. Und dass das nicht gut sein kann.
Ich fühlte mich ja schon schlecht, als ich im Seeheim für ein paar Tage böse auf Mama war. Länger hätte ich das gar nicht durchgehalten, so schwer machte es mir das Herz. Das kann nicht gesund sein.
Ich weiß allerdings nicht, wie ich Jan das begreiflich machen

soll. Im Moment finde ich es sowieso schwierig, mit ihm zu reden.

Darf ich das sagen? Klingt das nicht schrecklich?

Pass auf, ich erkläre dir, woran es liegt: Es ist so, als gäbe es da den Jan, den ich schon immer kannte, der mit mir in die Kastanie kletterte und in der Schule immer neben mir saß. Der wurde abgelöst von dem Jan aus Amsterdam, der so etwas war wie eine ältere Version meines Jans. Der wäre immer noch mit mir in unsere Kastanie geklettert und in seinen Ahorn, hat mich aber stattdessen mit Boot fahren genommen.

Und jetzt gibt es da wieder einen anderen Jan, und das ist ein eigentlich völlig fremder Jan, der mich so anschaut, als sähe er mich zum ersten Mal, als wäre ich ein Wunder, das er nicht begreifen kann, der plötzlich ganz stumm wird, als machte ich ihn sprachlos, der manchmal einfach stehen bleibt, mein Gesicht in seine Hände nimmt und mich küsst, so richtig, ja wirklich, auf den Mund. Früher blieb er stehen, um verlorene Münzen und seltsam geformte Steine aufzuheben oder um auszuprobieren, ob man nicht auch den Zaun entlangklettern kann, anstatt den Bürgersteig hinunterzugehen. Früher wusste er, wie man einen Papierdrachen bastelt, aber nicht, wie man ein Mädchen küsst.

Was mache ich nur, Oma? Wie bekomme ich den alten und den neuen Jan zusammengesetzt? Ich weiß es wirklich nicht. Ich befürchte aber, ich muss es herauskriegen. Hast du eine Idee, wie? Sag doch mal, Oma. Bitte! Es eilt! Schreib mir einen Brief, ruf mich an oder komm doch am besten bald wieder nach Hause.

Es wartet sehnsüchtig auf dich,
deine Anna,
gestrandeter Seefahrer

Lieber Henri,

meine Enkeltochter möchte wissen, wie man seinen besten Freund behält, wenn man ihn zur Liebe seines Lebens erklärt. Ich fürchte ja, dass das nicht geht. Was aber sage ich ihr? Du kannst nicht alles haben, mein Herz, finde dich damit ab?
Blödsinn!
Einbeinige Piraten finden sich nicht ab. Sie wünschen, sie begehren. Und sie kämpfen für das, was sie wollen. Dass sie es kriegen, ist damit nicht gesagt. Aber das ist auch gar nicht der Punkt.
Was also werde ich Anna sagen?
»Habe keine Angst!«, vielleicht. »Halte Kurs, lass dich von Untiefen nicht abschrecken. Wenn du jetzt in deinen Jan verliebt bist, genieße es und lerne den neuen Jan kennen. Sollte es schiefgehen, kümmerst du dich hinterher um die Scherben. Vielleicht lassen sie sich wieder zusammenkleben, ja vielleicht entsteht etwas Neues daraus, eine Freundschaft zwischen dir und Jan, die zwar anders ist als vorher, aber nicht schlechter sein muss.
Ich will dich nicht anlügen, es kann natürlich auch sein, dass eine Liebesbeziehung, die schiefgeht, eine Freundschaft zerstört, weil man nie wieder zueinanderfindet. Doch später,

wenn du alt bist, wirst du vor allem die Dinge bereuen, die du nicht getan hast, und die Risiken, die du nicht eingegangen bist.«
Und dann werde ich noch hinzufügen: »Nicht jeder hat so ein Glück wie ich und kriegt eine zweite Chance.«
Ja, ungefähr so werde ich es ihr sagen.

Dankbar und ungewohnt bewegt,
Anna

Mein lieber Anna-Schatz,

darf ich dir gratulieren?
Wenn ich alles richtig verstanden habe, gehörst du jetzt zu den Küssenden, und das ist mal eine Gruppe, zu der man gerne gehören möchte.
Gut, Küsse können Kummer nach sich ziehen, Liebe kann vergehen und Herzschmerz zurücklassen, aber das Küssen an sich sollte trotzdem zum Volkssport Nummer eins erklärt werden. Es ist gesund (erstens wird gerne an der frischen Luft geküsst, zweitens trainiert es ungemein die Gelenkigkeit, wenn man sich so richtig umeinanderwindet), es macht schön (nie sind Lippen so rot wie frisch geküsst) und es kann durchaus die Völkerverständigung fördern (man nehme nur Helen und James, mich und Henri ...).
Allerdings birgt das Küssen Risiken. Manche können diesem herrlichen Zeitvertreib zwar so emotional ungerührt nachgehen wie dem Radfahren, am Ende steigen sie ab und gehen

zur Tagesordnung über, andere aber küssen mit Herz. Ich glaube, du gehörst zur zweiten Kategorie.
Ich sage nicht: Pass bloß auf! Ich sage nur: Es ist gut, sich selbst zu kennen. Und als eine, die dich ziemlich gut kennt, würde ich dir, wenn du denn wirklich einen Rat von mir möchtest, diesen hier geben: Küsse drauflos! Liebe drauflos! Das entspricht einem Piraten vom Rosensteg. Habe keine Angst vor dem Morgen, frage nicht furchtsam »Was wäre, wenn?«, stell dich den Dingen einfach, wenn sie passieren, das ist früh genug.
Goethes Faust hast du ja noch nicht gelesen, aber der alte Schlawiner war auf der Suche nach einem Augenblick, in dem einfach alles zu stimmen scheint. Ich würde sagen, du im Mohnfeld und mit Jan an deiner Seite hast so einen Moment erlebt. Er ist so perfekt, so außergewöhnlich, dass man denkt: Oh bitte, lass ihn niemals enden.
Ich denke, je mehr solcher Momente du in deinem Leben zusammensammeln kannst, desto glücklicher bist du. Und ich glaube, es geht nicht darum, dass diese Momente dich finden, sondern darum, dass du sie erkennst.
So wie im Mohnfeld.
Und auf dem Wasser.
Du machst das schon richtig, Käpt'n, keine Sorge. Halte nur weiter die Nase in den Wind.

Alles Liebe,
deine Oma

Mein liebes linkes Bein,

ich bin nachdenklich gestimmt an diesem Morgen.
Vielleicht liegt es daran, dass ich mal wieder ein ganzes Haus für mich habe. Meine Gedanken hallen durch die leeren Räume. Sie werden plötzlich so laut, dass ich sie nicht mehr überhören kann. Vielleicht liegt es aber auch an dem letzten Brief, den ich geschrieben habe. Jedenfalls ist das Ergebnis dieses: Ich glaube, ich muss dir heute Abbitte leisten.
Meine Enkeltochter hat mich um Rat gefragt und ich habe ihr geantwortet. Und jetzt frage ich mich, ob ich nicht meine eigenen Ratschläge befolgen sollte. »Stell dich den Dingen, wenn sie passieren«, habe ich ihr geschrieben. »Das ist früh genug.«
Wie wahr!, möchte ich mir selber zurufen und mir vielleicht noch lobend auf die Schulter klopfen. Liebe Anna, gut gesagt! Aber, liebe Anna, nicht gut gehandelt.
Denke ich jetzt, befürchte ich jetzt.
Ich, die ich immer so stolz war auf meinen Eigensinn, die ich meine Sturheit stets als Haltung verkaufte, frage mich, ob ich nicht eigentlich ein feiger Hund bin. Ein Verdränger vor dem Herrn. Denn sich den Dingen zu stellen, wenn sie passieren, setzt natürlich voraus, dass man überhaupt bereit ist, sich den Dingen zu stellen.
Und, man höre und staune, das bin ich nicht.
War ich auch noch nie! Wird mir klar, wenn ich jetzt darüber nachdenke.
Dieser Gedanke lässt sich nicht verscheuchen. Er folgt mir vom Schlafzimmer ins Badezimmer, in die Küche und hinaus

in den Garten. Während ich in der Morgensonne meinen Milchkaffee trinke, sitzt er daneben und lächelt wissend.
Ich trinke meinen Kaffee inzwischen ungesüßt. Ich tue keinen Zucker mehr hinein. Und ich nehme meine Medikamente. Die sture Anna hat nachgegeben.
Es ist zu spät für dich, mein liebes linkes Bein, und das tut mir leid. Aber es ist vielleicht noch nicht zu spät für mich.

13

Lieber Jan,

die Schule hat wieder angefangen und sie tötet mir den letzten Nerv.
Einziger Lichtblick: Nächstes Wochenende fahren wir Oma Bloom abholen. Ich freue mich. Auf Oma, aber auch auf ihr Häuschen. Ich war schon ewig nicht mehr da, ich erinnere mich nur dunkel an kleine Zimmer mit viel Licht, aber ich erinnere mich gut an die alte Scheune, die keine mehr ist. Dort hängen viele Spiegel an den Wänden, in denen Oma sich sehen konnte, wenn sie tanzte, und Bilder hängen da, gerahmte Fotos, die alle Oma zeigen, Oma in Jung und in Schön, ich glaube, ich muss mir dieses Mal die Geschichten zu den Bildern erzählen lassen.
Und was hast du so vor?
Sehen wir uns bald wieder? Ich hoffe sehr.

Grüße von
deiner Anna

Lieber Henri,

jetzt sind sie alle hier bei mir und ich weiß gar nicht so genau, wie ich das finde.
Mein Häuschen war immer ein so friedlicher Ort. Außer dem Wind im Wäldchen, dem Igel im hohen Gras und der gelegentlichen Möwe, die sich hinter die Deiche verirrt hat, hört man hier nichts. Normalerweise. Jetzt höre ich Bella im Obstgarten singen, Ben in der Küche klappern und den kleinen Ben treppauf, treppab jagen. Meine kleine Anna höre ich nicht, ich sehe sie nur, wie sie mit schief gelegtem Kopf durch die Zimmer wandelt. Große Augen macht sie. Und einen Gesichtsausdruck hat sie wie in der Kirche. Ich weiß nicht, warum. Aber ich weiß, dass sie demnächst mit dem Fragen anfangen wird.
Sie sind alle so laut, dass sich der Igel heute Abend wahrscheinlich gar nicht bis zur Terrasse traut, auf der Ben seinen improvisierten Grill anschmeißen und Bella die Äpfel für ihren Kuchen schälen will.
Benni ruft gerade nach seiner Oma. Er hat die Mausefallen entdeckt.
Ich glaube, ich bin froh.

Anna

Lieber Jan,

meine Oma hat mit Elvis Presley Champagner getrunken. Kannst du das fassen?
Wenn du jetzt sagst: Niemals, das glaube ich nicht!, sage ich: Doch wirklich, ich habe das Foto gesehen. Es zeigt Elvis, ganz jung, denke ich, denn Mama rief: »Himmel, war er da jung, da sah er ja wirklich gut aus!«, und es zeigt Oma, auch ganz jung und so schön wie ein Filmstar.
»Deine Oma war ja auch ein Star«, sagte Papa. »Wenn du mich fragst, ist sie das heute noch.« Und er legte ihr einen Arm um die Schultern und küsste sie auf die Wange.
Oma rollte mit den Augen und schlug mit ihrem Stock nach ihm. Aber sie lächelte. Überhaupt lächelt sie gerade viel. Ob das an Henri liegt?
Ich suchte nach einem Foto von ihm. Die Bilder hängen alle an der schmalen Scheunenseite, dem Tor direkt gegenüber. Es sind sogar Poster darunter, auf denen in geschwungenen Buchstaben »Lido« steht und eine ganze Reihe junger Mädchen unter einem Schattenriss des Eiffelturms lächelnd die Beine in die Luft wirft.
»Für seine Tänzerinnen war das Lido berühmt«, erklärte Papa mir. »Am meisten natürlich für Oma.«
Da lachte Oma laut.
Und irgendwie war ihr klar, dass ich vor Neugierde brannte.
»Was willst du wissen?«, sagte sie nur.
Alles!, wollte ich rufen. Habe dann aber überlegt, wo ich anfangen soll.
Das letzte Mal, als ich hier war, hatte ich noch überhaupt keine Ahnung von Elvis Presley. Oder von Dean Martin.

Ihn hat Oma auch kennengelernt. Sogar getanzt und gesungen hat sie mit ihm, in irgendeiner amerikanischen Fernsehshow. Es gibt eine Aufnahme davon: Sie trägt ein unfassbar kurzes, im Scheinwerferlicht glitzerndes Kleid, doch er schaut nicht auf ihre Beine, er schaut ihr ins Gesicht, und sie lachen beide furchtbar doll, sie mit in den Nacken gelegtem Kopf, er ganz viele Zähne zeigend.

Ich bin jetzt älter, ich habe mit meiner Oma ihre alten Platten gehört und die Cover bestaunt, ich erkenne Dean Martin, wenn ich ihn sehe. Ich erkenne aber auch, dass der Blick, mit dem Elvis meine Oma anschaut auf diesem Foto mit dem Champagnerkübel, ein besonderer ist. Elvis hat in jedem Arm ein hübsches Mädchen und noch mehr drängen sich um sie herum, doch meine Oma ist es, die er ansieht, als wären da nicht viele, sondern nur sie, und ich glaube, dass sie ihm gefallen hat. Vielleicht ja nur für wenige Minuten, vielleicht ja nur für diesen einen Abend, aber sie hat ihm gefallen. Und er ihr womöglich auch.

Ich zeigte auf Elvis. »Denkst du manchmal noch an ihn, Oma?«

Oma lächelte. »Nur wenn du mich nach ihm fragst. Dann fällt mir alles wieder ein.«

Meine Mutter stellte sich neben mich. »Wie war er so?«, wollte sie wissen und klang ehrlich interessiert.

Ich wunderte mich über ihre Frage, denn ich denke mir, dass sie die doch schon viele tausend Mal hätte stellen können.

Oma ließ nicht erkennen, ob sie auch verwundert war. »Nett war er«, antwortete sie stattdessen. »Lustig. Unbeschwert. Er ist einfach von seinem Platz aufgestanden, auf die Bühne gestiegen und hat für uns gesungen, weil ihm so

gefallen hat, wie wir getanzt haben.« Sie lachte. »Ich glaube, vor allem unsere Beine haben ihm gefallen. Nachdem diese Aufnahme gemacht worden war, hat er seine Hand auf mein Knie gelegt.«
Ich weiß nicht, ob du das weißt, aber damals, als Oma jung war, war eine Männerhand auf einem Frauenknie schon ganz schön gewagt.
»Hat Henri so etwas auch gemacht?«, fragte ich, ohne darüber nachzudenken.
Jetzt wünsche ich mir, ich hätte vorher darüber nachgedacht, denn plötzlich wurde es ganz still in der alten Scheune.
Mama ist es, die schließlich sagt: »Ja, hat er, Mutter? Hat Henri so etwas auch gemacht? Damals?« Sie klingt ganz anders als zuvor, angespannt irgendwie. So, als hinge von der Antwort etwas ab.
Oma verlagert ihr Gewicht von dem echten Fuß auf den falschen und, weil der falsche sie nicht so gut trägt, direkt wieder zurück. »Ach, Bella«, sagt sie dann nur.
Meiner Mutter steigen die Tränen in die Augen. Sie ballt die Fäuste. Dreht sich um und geht hinaus.
Ich weiß nicht, was ich tun soll.
Papa aber schon. Er schaut mich an, seufzt, als er mein Gesicht sieht, drückt mich an sich, murmelt: »Das wird schon wieder«, und macht sich daran, Mama zu folgen.
Oma fasst nach seinem Ärmel. »Ben, darf ich ...?«
Papa bleibt stehen. »Aber natürlich, Anna B.«
Als Oma die Scheune verlässt, langsam und sich auf ihren Stock stützend, wird mein Hals ganz eng. Plötzlich sehe ich, dass sie alt ist. Verstehst du? Normalerweise denke ich nicht daran, normalerweise fällt es nicht auf. Nur jetzt.

Die Tür schließt sich hinter Oma.
Papa und ich, wir bleiben zurück. Ich greife nach Papas Hand. Er hält meine fest in seiner. Und seufzt wieder.
»Guck«, sagt er endlich. Er zieht mich vor ein Foto, das eine Gruppe junger Menschen eingefangen hat, wie sie gerade eine Straße entlanglaufen. Links sieht man die Tische und Stühle eines Straßencafés, rechts Autos mit geschwungenen Kotflügeln und viel glänzendem Metall, die über Kopfsteinpflaster fahren.
»Paris?«, frage ich.
Papa nickt.
Die Mädchen tragen alle Kleider unter ihren Mänteln und die Männer Hüte auf ihrem zurückgekämmten Haar. Sie lachen, haben sich untergehakt oder die Arme umeinandergelegt. Mittendrin geht Oma auf hohen Hacken, mit aufgestelltem Kragen und den Händen in den Manteltaschen. Sie ist bildhübsch. Ganz große Augen hat sie, eine winzige Nase und eine glatte Stirn, in die schräg Ponyfransen fallen. Sie schaut direkt in die Kamera. Die beiden Männer neben ihr schauen nur auf sie.
Papa tippt auf das Foto. »Der hier ist dein Großvater«, sagt er leise. »Und der andere ist Henri.«

Lieber Jan,

die Geschichte geht weiter. Willst du sie hören?
Vielleicht willst du nicht, weil du dachtest, dass du einen Brief zu lesen kriegst, der von Omas sonnendurchflutetem Häuschen erzählt und ihrem Igel, von Elvis Presley und dem Champagner. Aber nicht von Familiengeheimnissen, die wehtun. Dann lies einfach nicht weiter, sondern spring direkt zu meinem Abschiedsgruß, der irgendwo unten folgt. Weit unten. Es ist nämlich eine lange Geschichte. Sie hat vor mindestens 50 Jahren begonnen.
Ich habe eben den Stift hingelegt und bin noch mal rüber in die Scheune. Ich habe das Foto von der Wand genommen, es umgedreht und die Rückwand angehoben. Hinten auf dem Foto steht etwas geschrieben: Paris, 1959.
1959 waren Oma und Opa schon verheiratet. Ich bin zurück ins Haus und habe Papa gefragt.
Er saß mit Benni in der Küche und legte ein Puzzle.
»Wo ist Oma überhaupt?«, erkundigte sich Benni, während er sich über die bunten Teilchen beugte. Er ist vielleicht erst acht, wird aber bald neun und merkt genau, wenn etwas nicht stimmt.
»Im Garten«, antwortete Papa wahrheitsgetreu. »Mit Mama. Bei den Äpfeln. Sie kommen sicher bald wieder rein.«
Benni war immer noch misstrauisch. Er schaute auf mich in der Küchentür. »Und wo geht Anna hin?«
»Noch mal rauf«, erklärte ich. »Meinen Brief fertig schreiben.«
Papa lächelte. »Sag Jan schöne Grüße.« (Schöne Grüße!)
»Von mir auch«, rief Benni. (Auch von Benni.) Und suchte

dann, einigermaßen zufriedengestellt, weiter nach der Puzzleecke für links unten.
Papa zwinkerte mir zu.
Vielleicht weiß er nicht, dass ich vom Gästezimmer aus jedes Wort hören kann, das unter dem Apfelbaum gesprochen wird. Oder vielleicht weiß er es doch.
Das kleine Fenster im Giebel steht den ganzen Tag offen, damit viel Sommerduft hineinkann, dieser Geruch nach gemähtem Gras und warmer Erde. Ich sitze auf unserem Bettenlager, Bennis und meinem, während ich dir dies schreibe, und will den beiden zuhören, die ein Stockwerk tiefer streiten.
Ich höre aber nur einen Vogel rufen. Eine Nachtigall vielleicht, ich kenne mich da nicht so gut aus. Eine Biene brummt herein. Sie fliegt ein paar Mal gegen das Fensterglas, bevor sie merkt, dass der Ausgang zwei Zentimeter weiter links liegt. Sonst ist da nichts. Ich lausche angestrengter. Halte den Stift still und den Atem an. Dann, als die Nachtigall den Schnabel hält, höre ich etwas, was ich als Apfelhälften identifiziere, die auseinanderbrechen, in Stücke geschnitten werden und in eine Schüssel fallen.
Mama schnippelt den Belag für ihren Kuchen klein. Dabei zieht sie immer wieder die Nase hoch, so als ob sie Schnupfen hätte. Sie hat aber gar keinen.
»Bella!«
Das ist meine Oma. Sie klingt, wie sie eben aus der Scheune gehinkt ist. Alt. Und müde.
»Findest du wirklich, Bella«, sagt meine müde Oma, »du kannst mir vorwerfen, dass ich mich vor über fünfzig Jahren verliebt habe? Vor über fünfzig Jahren, Bella.«

Das Messer landet mit einem Knall in der Plastikschüssel.
»Ich habe«, sagt meine Mutter erstickt, »dir deinen Henri in all der Zeit noch nie vorgeworfen.«
»Nein«, sagt Oma ruhig. »Hast du nicht. Soweit ich mich erinnern kann, hast du mir überhaupt noch nie etwas vorgeworfen. Warum jetzt?«
Mama schweigt. »Ich weiß nicht. Weil er wieder da ist vielleicht.«
Die Nachtigall fängt wieder an zu singen.
»Du warst«, sagt Oma, »noch nicht einmal geboren. Damals.«
»Aber du warst schon mit Vati verheiratet, als das mit Henri anfing!«
»Ja. So etwas passiert.«
»So etwas passiert?« Die Schüssel mit den Apfelstücken knallt unsanft auf den Boden. Ich zucke zusammen. »Da kannst du ja gleich sagen, du konntest nichts dafür.«
»Nun, ich denke tatsächlich, man kann nichts dafür, dass man sich verliebt.«
Meine Mutter lacht, ungewohnt bitter hört sich das an, und ich kriege eine Gänsehaut trotz der warmen Sommerluft.
Aber Oma redet einfach weiter: »Ich denke, es kommt nicht darauf an, dass man sich verliebt, es kommt darauf an, wie man damit umgeht.«
»Ach ja?«
»Ich habe doch von ihm gelassen«, sagt Oma. »Von Henri. Für deinen Vater.«
»Und du hast es immer bereut.«
»Das stimmt nicht.«
»Nicht? Sei ehrlich, Mutti. Hast du dir nicht gewünscht, du hättest den anderen Mann genommen?«

Oma braucht eine Weile, bis sie antwortet. »Manchmal vielleicht.«
Die Worte schweben zu mir herauf, also müssten sie doch federleicht sein. Sind sie aber nicht, sie haben Gewicht. Bleischwer fallen sie zwischen die beiden da unten.
Ich höre nur noch die Nachtigall.
Und lasse den Stift fallen. Ein Sprung zum Fenster, ein Blick hinaus. Oma sitzt allein auf der Bank unter dem Apfelbaum.
Ich weiß, ich muss zu ihr. Aber Mama läuft schon wieder davon. Und weil Papa nicht da ist, muss ich ihr hinterher …

Wir waren im Wald spazieren. Es ist eigentlich mehr ein Wäldchen als ein Wald, aber es gibt dort gerade so viele Bäume, dass man vom Haus nicht mehr gesehen werden kann, wenn man unter ihnen langgeht.
Mama ging genau da, leicht vorgebeugt und die Arme um sich selbst geschlungen. Ich dachte mir, sie macht das, weil sie dringend in den Arm genommen werden will, aber niemand da ist, der es tut.
Doch, dachte ich dann. Ich bin ja da. »Mama!«, rief ich und rannte noch schneller.
Sie blieb sofort stehen, drehte sich um und ließ tatsächlich die Arme sinken, als sie mich kommen sah. Ich habe mich direkt hineingeworfen und Mama fest an mich gedrückt. Sie drückte genauso fest zurück.
So standen wir eine Weile. Die Sonne schien durch die Bäume. Schräg schon. Mücken tanzten darin. Schön sah das aus. Abendstill. Friedlich. Eigentlich sollte man glücklich sein.

»Sei nicht böse auf Oma«, murmelte ich in Mamas Schulter.
»Warum bist du böse auf Oma? Sie ist ganz traurig.«
Meine Mutter holte tief Luft. Sie tat das etwas zittrig, sodass es sich verdächtig nach einem Schluchzer anhörte.
»Ich bin auch traurig«, murmelte sie zurück.
»Ja, aber warum?« Ich verstand sie wirklich nicht. »Jetzt darf Oma doch in Henri verliebt sein, oder nicht?«
»Doch«, sagte Mama leise. »Schon.«
Ich hebe den Kopf. Ihre Nase ist rot, ihre Augen sind rot, aber traurig sind sie zudem auch noch.
Ich finde, sie sieht aus wie ich. Sie sieht dem verheulten, verquollenen Gesicht ähnlich, das mich aus dem Seeheimspiegel anblickte, nachdem ich mich am Telefon so schrecklich mit meiner Mutter gestritten hatte. Mit ihr.
Mir war das Herz so schwer. Ob es Mama jetzt auch so geht?
»Ich mag Henri«, sage ich leise.
Mama lacht ein Lachen, das klingt wie der kleine Bruder dieses bitteren Gelächters von eben. »Du kennst ihn wahrscheinlich auch schon besser, als du deinen Großvater je gekannt hast.«
»Tut mir leid.«
Sie greift nach meiner Hand. »Kannst du ja nichts für.«
Wir gehen weiter. Die Sonne scheint noch schräger durch die Bäume, bald wird sie untergehen.
»Du, Mama«, sage ich. »Oma kann aber auch nichts dafür, dass Opa schon tot ist und Henri noch nicht.«
Mir ist klar, dass sich das blöd anhört, weil es ja sowieso logisch ist, aber ich hatte irgendwie trotzdem das Gefühl, ich müsste es aussprechen.

Meine Mutter zieht die Schultern hoch und beugt sich leicht nach vorne. Wenn ich nicht ihre Hand gehalten hätte, hätte sie sich wieder selbst in den Arm genommen. »Ich weiß«, sagt Mama.

»Also«, bohre ich, »warum bist du dann sauer auf Oma?«

Erst ein paar Schritte weiter antwortet sie. Sie sagt: »Wegen meines Vaters. Für meinen Vater. Verstehst du?«

Und tatsächlich verstehe ich, was sie meint. Du wahrscheinlich auch. Besser als ich.

Ich kannte meinen Opa kaum. Ich habe nur eine einzige Erinnerung an ihn: Ich sehe noch, wie er auf dem Balkon dieser riesigen Wohnung steht, die sie früher hatten. Die mit den blanken Parkettböden und den vielen seltsamen Bildern an der Wand, mitten in der Stadt. Opa stand auf dem Balkon zwischen den Geranien und schaute hinunter, die Straße entlang. Nach uns schaute er aus. Und als er uns endlich sah, Mama und mich, da hat er gewunken, und sogar von unten hat man erkennen können, wie in seinem Gesicht irgendwie die Sonne aufgegangen ist.

Oma sagte hinterher leise zu uns: »Er stand ewig da.«

Ich denke, sie sagte das, weil sie sicherstellen wollte, dass wir verstanden, wie sehr er sich auf uns freute. Und das hat sie doch bestimmt genauso für uns wie für ihn getan.

Dort im Wäldchen hinter Omas Haus habe ich Mama von den Geranien erzählt.

»Das wusste ich nicht mehr«, sagt sie. Sie sieht mich von der Seite an. »Ich hätte dich mit dem ganzen Zeug gar nicht belasten sollen. Du liebst doch deine Großmutter.«

Jetzt wird mir der Hals eng. »Du nicht?« flüstere ich.

»Doch«, flüstert sie zurück. »Natürlich. Ich sie schon.«

»Na, und sie dich auch. Also alles gut.«
Mama sagt erst nichts. Dann: »Es ist eben schwierig manchmal. Nicht so wie mit dir und ihr.«
»Na ja«, sage ich recht hilflos. »Wir sind beide Piraten.«
Da lacht Mama. »Ja, das seid ihr. Das seid ihr wirklich. Und das ist auch ganz wunderbar.«
Jan, falls du immer noch diesen Brief liest: An dieser Stelle habe ich an dich gedacht. Und an mich im Seeheim. Und ich habe Mama gefragt, ob es ihr Spaß macht, sich mit ihrer Mutter zu streiten.
»Nein!«, hat sie entsetzt gerufen. »Natürlich nicht.«
»Na«, habe ich zu ihr gesagt, und ich glaube, ich habe streng dabei geklungen, »dann lass es doch einfach bleiben.«

Bevor du dich empören kannst, folgt hier der angekündigte Abschiedsgruß.
Gruß! also.
Von deiner Anna

Lieber Jan,

die Geschichte ist immer noch nicht zu Ende.
Und wenn du überhaupt weiterlesen willst, nachdem ich dir so viele tiefschürfende Botschaften zwischen den Zeilen und mit den Zeilen geschickt habe, darfst du dich freuen, denn nun folgt ein Happy End.
Finde ich zumindest.
Als wir zurückkamen, Mama und ich, saß Oma nicht mehr unter dem Apfelbaum. Die Schüssel mit dem klein geschnittenen Obst war auch weg. Wir fanden sie alle auf der Terrasse: die Schüssel, die Oma, den Benni, den Papa und den Grill.
Papa und der Grill waren beide Feuer und Flamme. »Ihr kommt wie gerufen«, begrüßte uns mein Vater, »die ersten Würstchen sind fertig.«
»Schmecken prima«, verkündete mein Bruder zwischen zwei Bissen. Jedenfalls glaube ich, dass er das sagte. Vor lauter Wurst war in seinem Mund nicht genügend Platz für deutliche Worte.
Dass ihn dafür niemand rügte, zeigt, wie abgelenkt alle noch waren.
Außer mir. »Du kleines Schweinchen«, sagte ich zu ihm, »rück mal ein Stück.« Und damit quetschte ich mich zwischen ihn und Oma.
Sie saß da und sah immer noch nicht wieder jünger aus. Ich warf spontan beide Arme um sie. Genauso eigentlich, wie ich es vorher im Wald bei Mama getan hatte.
»Ahoi, Steuermann«, sagte ich leise.
Sie lächelte mich an. »Immer eine Freude, dich zu sehen, Käpt'n.«

Und dann tätschelte sie meine Hand und ich drückte sie noch ein bisschen fester, und ich wusste, dass sie wusste, dass mit uns alles gut ist.
Anders Mama.
Sie setzte sich auf eine Stuhlkante und begann, nervös am Geschirr herumzurücken, an der Ketchupflasche, dem Brotkorb. Plötzlich zuckte sie zusammen. »Jetzt habe ich gar nicht den Kuchen für euch gebacken!«
»Das macht doch nichts«, beruhigte Papa sie vom Grill her. »Essen wir die Äpfel halt pur.«
Benni aber schmollte. »Och«, sagte er gedehnt. »Keinen Nachtisch.«
Mama machte ein zweifelndes Gesicht. »Ich hätte noch den Kuchen, den ich extra für Mutti gemacht habe, davon kannst du ein Stück haben.« Sie sah Oma an. Oma sah sie an. »Der ist allerdings ohne Zucker«, sagte Mama so leise, als schäme sie sich dafür. »Der schmeckt sicherlich nicht gut.«
Da lachte Oma. Es war ein leises Lachen, aber weil ich sie immer noch festhielt, merkte ich, dass es ganz tief aus ihr herausgluckerte. Aus der Brust, vielleicht von da, wo das Herz sitzt. »Ich bin mir sicher, dass der Kuchen furchtbar schmeckt«, erklärte Oma freundlich. »Aber ich esse trotzdem sehr gern ein Stück davon.«
Mama schien ihren Ohren nicht zu trauen. »Ja?«
»Du hast ihn doch extra für mich gebacken.«
Mama wirkte überwältigt. »Das stimmt.«
»Das hat sie aber schon öfter gemacht«, mischte sich Benni ein.
Ich habe schon gesagt, dass er bald neun wird, oder? Er ist mindestens so vorlaut wie Oma. Vielleicht sollten wir ihn

bei den Seeräubern aufnehmen. Als Benni, den roten Korsaren. Oder so.
Der rote Korsar fuhr ungerührt fort: »Und bis jetzt hast du immer behauptet: Der Tag, an dem du zuckerfreien Kuchen isst, ist der Tag, an dem du unter der Erde verschwindest.«
»Benni!«, rief Mama entsetzt.
Papa lachte.
Und Oma? Oma kicherte ziemlich mädchenhaft. Ich habe sie mir ganz genau angesehen und ich schwöre: Das Müde, Alte war verschwunden.
»Wie recht du hast«, sagte Oma zu Benni. »Da habe ich meine Meinung wohl geändert. Zuckerloser Kuchen passt hervorragend zu meinen Medikamenten.«
Mama blinzelte mit plötzlich verdächtig blanken Augen. »Mutti«, flüsterte sie. »Wirklich?«
Oma ignorierte die Rührung ihrer Tochter. »Wirklich. Aber meine Grillwurst will ich trotzdem haben!«
Mehr Aussprache kann man, glaube ich, von den beiden nicht erwarten.
Wir fahren heute zurück. Alle zusammen. Und ziemlich versöhnt. Kommst du auch mal wieder vorbei? Das wäre schön.

Liebe Grüße!
Und entschuldige, dass ich dir solche Romane schicke. Aber du darfst es mir gerne in ellenlangen Briefen heimzahlen.
Anna

14

Lieber Henri,

nun ist es schon wieder Herbst.
Draußen fallen die Blätter. Sie legen sich über das Land, verbergen die Risse im Asphalt und verstecken die Welt so schön – allerdings nur, wenn sie sich nicht gerade von einer Sturmbö aufwirbeln lassen. Schnee ist da doch viel verlässlicher.
Vielleicht mochte ich den Winter deshalb immer so gern? Früher, als ich noch zwei Beine hatte und trittsicher war zumindest. Bella liebt ihn auch. Das weiß ich.
Seit Neuestem weiß ich auch, dass wir noch mehr gemeinsam haben: Bella ist genau wie ich eine Meisterin des Verdrängens. Ich hatte keine Ahnung, dass meine Tochter mir so ähnelt. Sollte ich mich darüber freuen? Ich wünschte, sie hätte eine andere Eigenschaft geerbt. Meinen Galgenhumor vielleicht, an dem kann ich nämlich nichts verkehrt finden.
Das Foto übrigens, das an die tief vergrabenen Gefühle meiner Bella rührte und unseren jüngsten Familienkrach auslöste, habe ich mitgenommen.
Ich weiß nicht, warum. Weil es solche Sprengkraft hat, dass es meine Tochter nach all den Jahren aus der Fassung bringt?

Weil es sie hat sagen lassen, was sie vielleicht einmal sagen musste? Oder weil es das einzige Bild ist, das ich von dir habe? Es hängt jedenfalls neben meinem Bett. Am Fußende. So ist es das Erste, was ich sehe, wenn ich morgens aufwache. Und das Letzte, was ich anlächle, wenn ich abends einschlafe.

Anna hat es natürlich sofort entdeckt.

»Warum hattest du es überhaupt mit den anderen aufgehängt?«, fragte sie mich leicht vorwurfsvoll. »Also in der Scheune, wo es alle finden können.«

»Hatte ich ja gar nicht«, antwortete ich. »Das war Bella. Vor Jahren schon. Du warst noch ein Zwerg und ich war gerade in das Häuschen gezogen. Sie wollte mir einen Gefallen tun, hat tagelang in meinen alten Sachen gekramt, Fotos und Poster gerahmt und alles an die Wand genagelt. Sie dachte, es würde mich freuen.«

»Tut es das nicht?«

»Es ist schön, in Erinnerungen zu schwelgen, wenn man noch viel Zeit hat, neue zu schaffen«, sagte ich. »Aber wenn die Zeit kürzer wird …«

»Oma«, sagte Anna ernst. »Es dauert noch ganz lange, bis du stirbst.«

»So?«

»Jan hat gesagt, heute werden immer mehr Menschen über hundert. Ständig, sagt er, stehen die in der Zeitung. Du kannst doch auch einfach hundert werden.«

»Hundert und fit wie eine Sechzigjährige, das würde mir gefallen«, sagte ich. Ich sagte nicht: Aber so läuft das nicht. Und hundert und alt und kaputt will ich gar nicht sein, tut mir leid, kleine Anna.

»Auf jeden Fall wirst du noch achtzig«, erklärte Anna. »Und neunzig. Klar?«
»Aye, aye, Käpt'n.«
Ich drückte meine kleine Anna an mich.
Wie so oft, hat mich meine Enkeltochter auf etwas gebracht: Ich bin noch nicht bereit, nur Erinnerungen nachzuhängen. Darf ich dich an Amsterdam erinnern? Du hast mich dort doch etwas gefragt, weißt du noch? Ich möchte meine Antwort gerne ändern, wenn ich das darf.
Ich sage jetzt Ja.

Anna

Lieber Henri,

ja, ich meine das ernst. Und ja, ich freue mich auch wie verrückt. Jetzt jedenfalls, da du ebenfalls Ja gesagt hast. Per Telegramm. Wir sind doch recht alte Käuze!
Ich kann das alles noch gar nicht richtig begreifen. Und es mir auch noch gar nicht richtig vorstellen. Nur wir zwei? Gut, und die ganze Welt. Aber mit der nehmen wir es auf.
Bis zum neuen Jahr wollen wir warten. Ist das recht?
Das gibt mir noch eine kleine Galgenfrist, bevor ich es meiner Familie sagen muss. Und bevor ich sie verlasse, meine Anna, meine Bella und meine Jungs. Vor drei Jahren hätte ich noch nicht gedacht, dass mir das so viel ausmachen würde.

Siehst du wohl! Das Leben ist nach wie vor Veränderung. Auch für solch alte Käuze wie unsereins.

Es krächzt dir einen Gruß der Liebe zu
deine Anna.

Lieber Henri,

falls Benni uns in diesem Jahr wieder zwingt, einen Brief ans Christkind zu schreiben, weiß ich genau, was meine kleine Anna sich in ihrem wünschen wird: Janjanjanjan.
Und vielleicht noch: JAN!
Es ist wirklich ein schwerer Fall von erster großer Liebe. Der lässt sich nicht so einfach kurieren. Bei Anna zumindest. Im Gegenteil scheint sie täglich tiefer in ihren Gefühlen zu versinken. Und das, obwohl das Objekt ihrer Begierde nicht einmal anwesend ist.
Jan sitzt ja weiter hübsch in Amsterdam!
Er schreibt meiner Enkelin, oh ja. Hin und wieder. Wenn ich morgens mit meinem ungesüßten Milchkaffee in der Hand der Sonne beim Aufgehen und meinem Schwiegersohn beim Postdurchsehen zuschaue, ist auch immer mal ein Brief für meine kleine Anna dabei. Nur weiß ich, dass sie ihm viel, viel öfter schreibt als er ihr. Und dass sie ständig an ihn denkt. Bella macht sich schon Sorgen deswegen.
Ich erinnere mich, ich sagte Anna einmal: Er ist halt ein Mann!, als sie rätselte, warum er ihr wohl nicht schreibe. Ich sagte wohl so etwas wie: Männer lassen lieber Taten als

Worte sprechen. Ich denke immer noch, dass das stimmt. So generell. Aber jetzt bei Jan?
Von der Aufrichtigkeit seiner Gefühle war ich stets überzeugt. Von der Tiefe auch. Nur frage ich mich inzwischen, ob solch tiefe, aufrichtige Gefühle in solch jungem Alter nicht überfordern. Und dann Gefahr laufen zu versanden.
Weg ist sie, die Liebe. Begraben unter Ratlosigkeit und Unsicherheit.
Ich erwähne das meiner Anna gegenüber mit keinem Wort. Und auch du bist hiermit zu absolutem Stillschweigen verpflichtet. Womöglich irre ich ja. Hoffentlich irre ich!

Die Daumen drückend,
deine Anna

Lieber Henri,

das Christkind hatte ein Einsehen! Oder der Weihnachtsmann, ganz sicher ist das nicht. Jedenfalls kommt Jan zum Fest nach Hause. Zu seinem Vater. Also auch zu uns.
Ich persönlich habe ja meine Enkelin selbst im Verdacht. Nicht nur dass sie in ihrer ganzen lockenköpfigen, dickschädeligen Pracht ein trefflicher Grund ist, aus Amsterdam anzureisen. Nein, sie hat ihrem Jan auch die Leviten gelesen. Sie gestand mir, dass sie ihm unseren sommerlichen Familienzwist fein säuberlich aufgeschrieben hat.
»Es ist doch wie bei ihm«, hat sie mir erklärt. »Das muss

er doch sehen. Das muss er doch begreifen. Bist du mir böse?«
Böse? Mitnichten. Der Junge weiß sowieso schon so viel von mir und ich ja andersherum so viel von ihm, dass es nur recht und billig ist, wenn er auch von Paris erfährt. Und davon, dass Liebe manchmal wartet.
Selbst für die von uns, die doch eigentlich solch ungeduldiges Naturell haben.
Erstaunlich eigentlich.

Tief verwundert verbleibe ich heute als
deine Anna

Einen frohen dritten Advent,
lieber Henri,

wünsche ich dir. Bei uns hat sich noch immer keine Schneeflocke blicken lassen. Ich bin ein bisschen neidisch auf dich in deinen weißen Bergen. Welch hervorragender Einfall deiner Tochter, einen Österreicher zu heiraten! Einen mit Haus und Hof zudem. Ich freue mich schon sehr darauf, sie alle kennenzulernen im nächsten Jahr. Das Haus, den Hof – und deine Familie natürlich.
Meine Familie ahnt noch immer nichts. Vielleicht bereite ich ihnen eine Überraschung zum Fest. Ja, ich weiß, ich bin feige, aber sieh es doch mal so: Ein Pflaster reißt man auch besser mit einem Ruck ab. Das tut zwar weh, ist aber schnell wieder vorbei.

Obwohl ich ja nicht so schnell wieder da sein werde …

Nachdenklich,
Anna

Lieber Henri,

der verlorene Sohn ist heimgekehrt!
Ich war nicht dabei, als Jans Vater heute seinen Sprössling vom Flughafen abgeholt hat. Ich habe auch nicht gesehen, wie Jan zum ersten Mal seit gut drei Jahren am Ahorn vorbeigegangen ist oder ob er dem alten Schaukelreifen vielleicht einen zärtlichen Stups gegeben hat. Und ich habe auch nicht beobachtet, was für ein Gesicht er gemacht hat, als er das Haus betrat.
Anna aber.
Sie wollte das gar nicht. Sie hat nicht darum gebeten. Doch gestern Abend stand plötzlich Jans Vater vor unserer Tür.
»Johann«, rief Bella überrascht. »Komm rein, komm rein, es ist ja so eisig draußen.«
Und sehr zögernd kam Johann. Er rang ein wenig die Hände, er trat von einem Fuß auf den anderen. Er wurde erst ruhig, als Anna, mein kleiner Sonnenschein, die Treppe herunterhüpfte.
»Anna«, sprach er, sobald er sie sah. »Gehst du morgen mit, wenn ich Jan abhole? Bitte! Ich schaff das nicht allein.«
Was sollte sie da sagen?
Heute früh hat er Anna eingesammelt. Ich weiß nicht, ob sie

überhaupt geschlafen hat. Sie war jedenfalls mindestens so unruhig wie Johann gestern Abend.
Kopfschüttelnd habe ich zugesehen, wie die beiden sich auf den Weg machten. Ben drückte mir meinen Becher Milchkaffee in die Hand und stellte sich neben mich.
»Was denkst du?«, fragte er.
»Daumen drücken«, antwortete ich.
Er hielt beide Hände hoch, um zu zeigen, dass er das sowieso schon tat. Dann ging er mit Benni den Weihnachtsbaum schlagen.
Als Anna zurückkam, saß ich immer noch in der Küche. Sie kam allein. Zu Fuß. Vom anderen Ende der Straße.
Ich habe nichts gesagt, nichts gefragt. Ich bin nur auf meiner Bank ein bisschen zur Seite gerutscht, damit sie neben mich sinken konnte. Und obwohl da nun wirklich genug Platz für uns beide war, rückte sie in ihrem Anorak ganz nah an mich heran.
Eine Weile sagte sie nichts. Dann sagte sie: »Ich hatte mich so darauf gefreut, ihn zu sehen.« Legte den Kopf auf die Arme und begann zu weinen.
Ich griff mir erst ans Herz, ihr dann tröstend in den Lockenkopf.
»Mein lieber Schatz«, sagte ich. »Meine kleine Anna. Was ist denn passiert?«
Jan natürlich, du kannst es dir denken. Da standen also Anna und Johann am Flughafen, einer von ihnen nervöser als der andere, wenn auch aus unterschiedlichen Gründen, Anna ihrerseits sehr darum bemüht, Johann über seine Nervosität hinwegzuhelfen. Und dann kam Jan aus dem Terminal. Schon wieder ein Stück größer, erzählte Anna, dafür mit kürzeren

Haaren, einem Seesack über der Schulter – und einem ganz seltsamen Ausdruck im Gesicht.
Armer, überforderter Jan. Da war wohl noch jemand sehr nervös.
Kurz, behauptet Anna, habe er gelächelt, als er sie sah. Überrascht, aber erfreut. Dann erblickte er seinen Vater und das Lächeln erstarb. Wie zwei Fremde gaben sich Vater und Sohn die Hände, erzählt meine Enkelin. Sie dachte: Nun nehmt euch schon in die Arme! Aber sie taten es nicht. Johann begann, höflich Fragen zu Jans Reise zu stellen, die Jan genauso höflich beantwortete. Doch obwohl sie sich so scheinbar nichts zu sagen hatten, schienen sie plötzlich völlig vergessen zu haben, dass Anna auch anwesend war.
»Und das ist das Schlimme?«, fragte ich sie.
»Nein«, stieß meine Enkelin zwischen zwei Schluchzern hervor. »Natürlich nicht. Das ist verständlich. Schlimm ist, dass er mich nicht vermisst hat.«
»Hat er nicht?«
Anna schüttelte den Kopf.
»Hat er das gesagt?«
Anna schüttelte wieder den Kopf. »Aber«, sagte sie, »mir hat er auch nur die Hand gegeben.«
Und sie weinte weiter.
Arme Anna! Da hat sie sich so angestrengt, alles richtig zu machen, da hat sie auch alles richtig gemacht, ihrem Jan und seinem Vater bei der Versöhnung geholfen, und hat doch selbst nichts dabei gewonnen. Ja, so geht's manchmal.
Aber das konnte ich ihr in dem Moment nicht sagen.
»Mein lieber Schatz«, tröstete ich sie stattdessen. »Fernbeziehungen sind eben nicht einfach. Da kann es schon vor-

kommen, dass man sich jedes Mal wieder neu aneinander gewöhnen muss. Und die Nähe wieder neu herstellen. Du hast ihn doch auch verändert gefunden! Vielleicht ging ihm das ebenso.«

»Meinst du?« Hoffnungsvoll hat sie mich angesehen.

Ich habe genickt.

Und unter dem Tisch weiter ganz heftig die Daumen gedrückt.

Das könnte glatt Narben hinterlassen.

Aber die bin ich absolut bereit zu riskieren.

Anna

Lieber Henri,

du hattest recht. Ich habe ihnen Weihnachten ruiniert. Ich fühle mich furchtbar!

Und weil sich auch alle anderen furchtbar fühlen, Bella in Panik ausgebrochen, Ben in brütendes Schweigen verfallen und Anna nach einem waidwunden Blick, der ganz deutlich »Auch du, Brutus?« sagte, türenschlagend verschwunden ist, habe ich mich auf mein Zimmerchen zurückgezogen. Wie ich mich jetzt hier so richtig schön verlassen und, ja, auch schuldig fühle, fängt es endlich an zu schneien.

Dicke Flocken fallen vom Himmel. Sie wirbeln um das Menschlein herum, das allein auf der Gartenmauer sitzt und, während ich zusehe, langsam eingeschneit wird. Alles an Anna, der gesenkte Kopf, die hochgezogenen Schultern

und wie sie sich selbst umarmt hält, schreit: Ich bin so traurig, dass es wehtut!
Bringt es Unglück, am Weihnachtstage zu weinen? Dann haben Bella, Anna und ich für das neue Jahr jede Menge rabenschwarzer Tage heraufbeschworen.
Als ich sagte: »Henri und ich gehen am siebten Januar auf Weltreise«, fiel ein profundes Schweigen über die eben noch so muntere Gesellschaft unter dem Weihnachtsbaum.
Benni hielt die Stille für einen Ausdruck reiner Überraschung, fasste sich schnell und rief: »Prima, Oma. Bringst du mir was mit?«
»Auf jeden Fall, mein Schatz«, versicherte ich ihm.
Ben sah seine Frau an. Ich glaube, er suchte nach einem Hinweis, wie er sich verhalten soll. Da er keinen fand, sagte er: »Das ist schön, Anna B. Ich freue mich für dich.«
Bella griff nach seiner Hand. Sehr Halt suchend sah das aus. »Ja, Mutti«, sagte sie und blinzelte, ich habe es genau gesehen, gegen Tränen an. »Ich mich auch. Aber«, sie stockte, würgte an den nächsten Worten oder an dem Kloß in ihrem Hals und senkte den Blick, als sie schließlich herausbrachte: »kriegst du das denn auch hin?«
Ich lächelte, so zuversichtlich ich konnte. »Ich nehme meine Medikamente, ich gehe regelmäßig zum Arzt und ich melde mich bei euch sogar noch viel regelmäßiger zum Rapport.« Ich sah meine kleine Anna an. »Ich schreibe auch ganz oft.«
Das war der Moment, in dem meine kleine Anna aufsprang und aus dem Zimmer rannte. Die Haustür fiel so heftig hinter ihr ins Schloss, dass ich meinte, das ganze Gemäuer wackeln zu spüren.

Benni streichelte mir tröstend das Knie. »Das ist nur die Pubertät«, erklärte er mir mit verschwörerisch gesenkter Stimme.
Ich bin mir da nicht so sicher. Und deshalb schreibe ich jetzt noch einen Brief.

Zerknirscht, Anna

Mein lieber Anna-Schatz,

eigentlich wäre das ein Fall für unseren toten Briefkasten. Ich hatte das Vogelknöchelchen sogar schon in der Hand, aber dann dachte ich, da wir die Kommodenschublade eine Weile nicht mehr genutzt haben, sei es sicherer, ich legte dir diese Zeilen einfach auf dein Kopfkissen. Damit du sie ja findest. Und liest. Denn lesen musst du sie, bitte.
Es tut mir leid, mein lieber Schatz.
Es betrübt mich auch! Ich geh nicht gern fort von dir. Aber ich muss einfach gehen.
Erinnerst du dich noch, wie wir über die Erinnerungen sprachen? Du hattest ja recht, ich muss noch neue schaffen. Ich will sogar. Ganz dringend!
Das nimmst du mir doch nicht übel, nein?

Bittet dich deine dich liebende Oma B.

Liebe Oma,

das ist nicht fair.
Ja, ich bin total fürs Erinnerungenschaffen.
Aber wie soll ich denn welche schaffen, in denen du vorkommst, wenn du gar nicht da bist?
Sag mir das?!

Anna

Mein Schatz,

weißt du, so wie eine Mutter ihr Kind loslassen muss, auf dass es am Leben wachse und gedeihe, und eine Oma ihr Enkelchen mit guten Ratschlägen gefüttert in die Welt hinausschickt, muss vielleicht auch das Enkelchen seine Oma ziehen lassen.
Nicht für immer. Nur für eine Weile. Und im Herzen sowieso nie. Darauf verlass ich mich.
Wir werden ja trotzdem in Kontakt sein! Du kannst mich alles fragen, ich werde dir alles erzählen, was ich von der Welt sehe, denke und halte. Postalisch. So hält es für die Ewigkeit. Nachlesbar noch in Jahren, wenn ich längst nicht mehr bin und du selbst eine alte Schachtel geworden bist. Dann wirst du die Zeilen wieder hervorkramen, die ich dir aus der Südsee schrieb, und sagen: »Mittags soll ich nicht in die Sonne gehen? Was war sie doch für eine kluge Frau, meine Oma.«
Oder so.

Das würde ihr gefallen,
deiner Oma.

Mein liebes linkes Bein,

heute werden wir einkaufen gehen. Shoppen, nennen das Anna und Bella. Sie kommen beide mit.
Einen Strohhut für die Südsee soll ich zum Beispiel kaufen, Tabletten gegen Seekrankheit für den Ozeanriesen, Tabletten gegen Reisekrankheit für alles andere, und, darauf besteht Anna, viel, viel Schreibpapier.
»Denn egal, wo du bist«, hat sie gesagt, »egal, was du tust, ich will alles wissen.«
Bei mir zu Hause waren wir schon und haben meine Garderobe durchwühlt. Das Unterste zuoberst gekehrt haben die beiden auf der Suche nach allem, was funkelt und glitzert, aus Seide, Brokat oder Samt zusammengeheftet ist. Anna war entzückt, wie viel da zu finden war.
»Würde mir der auch stehen?«, fragte sie und drehte sich in einem Taftunterrock.
»Den braucht doch Oma«, tadelte Bella und beäugte selbst höchst interessiert meine goldenen Abendpantoffeln mit den aufgestickten Drachen.
»Den nicht«, sagte ich entschieden und schubste den Rock mit Anna darin vor den Spiegel. »Die auch nicht«, ich drückte meiner Bella die Schuhe in die Hände. »Das aber schon.« Ich angelte mein altes Opernglas aus einer Schublade.
Die Festspielhäuser dieser Welt werde ich mit Henri be-

reisen, die Scala und die Met werden wir besuchen. Und ich muss doch ganz genau hinsehen können, wenn ich, mit verächtlich geschürzten Lippen, zu Henri sagen will: »Jetzt schau dir nur diese Primaballerina an! Die Technik stimmt, aber wo bitte ist der Ausdruck? Das hätte ich besser gekonnt.«

Und er wird sagen: »Du könntest es noch, Annabelle.«

Wir werden beide wissen, dass er lügt, aber wir werden uns beide gut dabei fühlen.

Du, mein einst so umschwärmtes, einst so topfittes Bein, du weißt, zu was wir in der Lage waren. Dich hätte ich natürlich gerne dabei, aber wie die Dinge nun mal liegen, werde ich mich ohne dich in mein nächstes Abenteuer stürzen müssen.

Gehab dich wohl, in deinem stillen Grab unterm Apfelbaum!

Anna B. geht jetzt auf Reisen!

15

Liebe Oma,

vielen, vielen Dank für mein Geburtstagsgeschenk!
Es ist so schön, dass ich es nie, nie mehr ablegen werde. Die Türkise sehen so aus, wie ich mir den Pazifik zur Mittagsstunde vorstelle.
Mary-Lou meinte auch, dass sich deine Reiselust für uns echt lohnt. Sie ist ganz neidisch auf die geheimnisvollen Päckchen, die mit so schöner Regelmäßigkeit bei uns eintrudeln. Und sie sagt, sie will es mal so machen wie du: »Ich suche mir auf jeden Fall einen reichen Mann«, hat sie erklärt. »Millionär oder Märchenprinz. Drunter mach ich's nicht.«
Sie findet außerdem, dass doch ein Paar Ohrringe ganz hervorragend zu meinem neuen Indianer-Armband passen würde. Auf meinen Einwand hin, dass ich gar keine Ohrringe trage, weil ich ja nicht einmal Löcher habe, hat sie bestimmt: »Wir lassen dir sofort welche stechen!«
Haben wir natürlich nicht getan. Will ich ja nämlich gar nicht. Obwohl ich, wenn ich so darüber nachdenke, zugeben muss, dass mir ein einzelner Ohrring gefallen könnte. Den tragen Piraten schließlich auch! Und Seeleute. Gab es da

nicht so eine gruselige Geschichte, dass sie mit ihren goldenen Ohrringen die Meeresgötter besänftigen wollten? Also falls sie Schiffbruch erlitten und sich freikaufen mussten aus den Armen der schönen, blutdürstigen Nixen. Oder so.
Zusammengefasst, Oma: Türkise bringen es dann wohl nicht, solltest du mir irgendwann mal Ohrschmuck verehren wollen. Gold muss es sein!
Ihr habt nicht vielleicht vor, demnächst auf den Spuren der Inkas zu wandeln?,

fragt deine gierige Enkeltochter,
die allerdings allen Schmuck der Welt sofort gegen deine Gesellschaft eintauschen würde.

Liebe Oma,

ich muss zugeben, diese Voodoo-Nummer klingt verlockend.
Es stimmt also wirklich: Reisen bildet!
Ich für meinen Teil bilde mir ein, genau zu wissen, wie die mit Flechten bewachsenen Bäume ausschauen, unter denen ihr einherspaziert seid, wie sich deine Haare in der feuchten Luft kräuseln, wie eure Schaukelstühle auf der Veranda leise knarzen, während ihr endlich verschnauft und eurer Wirtin lauscht, die erzählt, dass sie zaubern kann.
Ein bisschen Wachs und echtes Haar braucht man also, ja? Von ihm und von mir? Und schon liebt Jan mich in alle Ewigkeit?
Allerdings wüsste ich dann immer, dass ihn nur die Steck-

nadel trieb und nicht die Sehnsucht nach mir. Und wie frustrierend wäre das denn bitte?
Ich fürchte also, es muss ohne gehen. Wenn es denn geht.
Ja, er schreibt noch, gelegentlich, selten, also eigentlich fast nie, das letzte Mal zu meinem Geburtstag. Und wie sich seine Küsse anfühlen, habe ich schon fast vergessen.
Aber ihn vergesse ich sicher nie.
Schreib mir doch noch mehr von Georgia, Virginia und den anderen Südstaaten-Damen, das lenkt mich ab, das heitert mich auf.
Mama macht sich natürlich immer mal wieder Sorgen um dich, aber sie kommt klar und deine Karten helfen. Papa hilft auch. Und Benni: Er ist so sehr gewachsen, dass ihm alle Hosen zu kurz sind und alle Schuhe zu klein. Heute ist er in meinen alten Sneakers zur Schule. Und obwohl die Dinger lila Streifen haben, war er stolzgeschwellt. Du hättest deine Freude an ihm gehabt.

Es vermisst dich
deine Anna.

Liebe Oma,

habe ich dir schon erzählt, dass ich neuerdings in der Theatergruppe unserer Schule bin?
Eigentlich dachte ich, ich widme mich dem Plakatebeschriften, Programmzettelschreiben und Inhaltsangabenverfassen, weil ich ja im Aufsatz immer so gute Noten habe. Aber irgendwie bin ich auf der Bühne gelandet. Und irgendwie macht mir das sogar Spaß! Ich hätte es nie gedacht. Ich weiß auch nicht, ob das anhält. Doch was wir gerade einstudieren, liegt mir. Halt dich fest: Ich bin die Seeräuber-Jenny!
Eigentlich ist sie ja nur eine Figur, von der eine andere Figur in der Dreigroschenoper singt. Sie darf nie auftauchen. Bei uns aber schon! Wir planen kein Stück, sondern eine Art Revue mit einzelnen Nummern, Texten und Liedern aus den Zwanziger- und Dreißigerjahren. Einen Leierkasten haben wir und auch einen Leierkastenmann. Ich bin der Meinung, einen Affen könnten wir noch gut gebrauchen. Für den Leierkastenmann und für mich, die Seeräuber-Jenny.
Ich finde sie umwerfend! Gut, sie ist völlig erbarmungslos, das ist erschreckend – aber irgendwie auch ein bisschen bewundernswert.
Ich sehe das Schiff mit den acht Segeln und fünfzig Kanonen vor mir, wie es im Hafen anlegt. Ich stelle mir vor, wie die Menschen unruhig werden. Sie wissen nicht, was kommt, ahnen nicht, dass ihr Ende nah ist, doch Jenny, die mitten unter ihnen steht, weiß es.
Warum wohl hat sie kein Mitleid gezeigt? Ich versuche noch, es herauszufinden, denn ich soll sie ja jetzt mit Leben füllen. Ist das nicht aufregend?

Vielleicht muss ich mir doch ein Ohrloch stehen lassen, wenn ich schon keinen Affen kriege.

Anna

Ahoi, Steuermann!

Weißt du, was Papa gesagt hat?
»Solange du keinen Nasenring willst, ist mir alles egal«, hat er gesagt. »Ich glaube nämlich, dann könnte ich dich nur noch anblöken.«
Mama hat dafür ihren Radiergummi nach ihm geworfen. Und Benni will jetzt natürlich unbedingt einen Nasenring. Das hat Papa nun davon.
Morgen gehe ich mir mit Mary-Lou ein Ohrloch stechen lassen. Nur eins! Mama hat angeboten mitzukommen. Und sie hat sich sehr bemüht, nicht verletzt zu sein, als ich abgelehnt habe. Darum habe ich sie gefragt, welche Seite denn einen Ohrring bekommen soll. Sie meint, die linke, weil das erstens meine Schokoladenseite sei und ich zweitens mein Haar wenn, dann hinters linke Ohr stecke.
Das linke Ohr also. Ich denke, das ist okay.
Drück mir die Daumen!

Dein Käpt'n

Lieber Jan,

magst du eigentlich Ohrringe?
Ich habe dich nie danach gefragt. Aber ich trage jetzt einen. Im linken Ohr. Silbern ist er. Lang baumelt er herunter. An einer dünnen Silberkette hängt ein kleiner silberner Anker. Du darfst nichts Schlechtes über ihn sagen, denn ich liebe ihn sehr.
Er hat mich mein Taschengeld der vergangenen zwei Monate gekostet. Und irgendwie fühle ich mich sehr piratig damit.

Mast- und Schotbruch wünscht
Anna

PS
Und das Schiff mit acht Segeln
und mit fünfzig Kanonen
wird beschießen die Stadt.
»Die Seeräuber-Jenny«

Liebe Anna,

ich bin mir sicher, Silber steht dir ausgezeichnet.
Die Piratin auf der Postkarte ist übrigens Anne Bonny. Ob sie lieber Gold oder Silber trug, ist nicht überliefert. Dass sie so gnadenlos wie deine Seeräuber-Jenny war, ist allerdings sicher.
Bleib du doch lieber so, wie du bist.

Jan

PS
Du hast mein Banjo erschossen! Du bist ein echter Pirat.
»Monkey Island«

Lieber Jan,

bald sind Sommerferien, aber ich freu mich gar nicht darauf. Du kommst nicht her, sagt dein Vater, und Oma ist fort. Mary-Lou fährt mit ihren Eltern nach Südfrankreich.
Wir fahren nirgendwohin. Papa hat zu viel Arbeit, Mama Abgabe und außer an Zeit scheint es meinen lieben Eltern in diesem Jahr auch am nötigen Kleingeld zu fehlen. Jedenfalls hat Papa gerufen, als Benni vorschlug, wir könnten doch einfach in irgendeinen Flieger steigen und gucken, wo wir landen: »Sind wir Krösus?« Was ein glattes Nein war.
Sechs lange Wochen allein zu Hause!

Ich weiß überhaupt nicht, was ich anfangen soll. Mit mir. Und dem Sommer.
Irgendwelche Vorschläge?

Anna

Liebe Oma,

wie findest du das?
Da antwortet mir Jan plötzlich auf einen Brief. Ganz unerwartet und auch richtig nett, so sehr sogar, dass ich Herzklopfen gekriegt habe beim Lesen und sofort zurückgeschrieben habe – und dann kommt wieder gar nichts.
Das ist doch zum Verrücktwerden!
Was bin ich denn jetzt eigentlich für ihn?
Ich denke, ich sollte ihn das fragen. Aber ich weiß, ich werde es nicht tun, weil ich mich vor der Antwort fürchte.
Anne Bonny hätte ihn niedergeschossen und die Seeräuber-Jenny seinen Kopf gefordert. Und was hätte ihnen das gebracht? Mutig mögen sie gewesen sein, aber ich glaube, von Liebe hatten diese Damen keine Ahnung.

Frustriert,
Anna

Liebe Oma,

mir ist so furchtbar langweilig, dass ich noch eingehe. Weißt du, was ich heute gemacht habe? Gar nichts!
Ich habe stundenlang in der Kastanie gesessen, jawohl, und der Sonne dabei zugesehen, wie sie durchs Geäst fällt. Sie hat die Blätter grün glühen lassen. Da, wo sie sich überlagerten, waren sie dunkler. Schön sah das aus. Wie Kunst. Nur noch besser.
Zugegeben, wenn ich das so aufschreibe, klingt mein Nachmittag im Baum gar nicht schlecht. Ganz im Gegenteil klingt er eigentlich sogar ganz idyllisch. Wie kann das sein? Ich hatte so schlechte Laune.
Die habe ich in letzter Zeit übrigens häufiger. Mama würde dir das sicher nur zu gern bestätigen. Vielleicht tut sie es auch, keine Ahnung. Ich kann nur sagen, ich strapaziere wirklich nicht mit Absicht ihre Nerven, aber sie will immer dann wissen, wie es mir geht, wenn ich es ihr absolut nicht sagen will. Wenn ich es selbst nicht weiß. Und wenn ich es selbst gern wüsste.
Benni ruft immer: »Das ist die Pubertät!«, und macht mich ganz wild damit. Mama hat ihm verboten, das zu sagen, also sagt er es jetzt nur noch so leise, dass sie es nicht hört.
Jan ist schuld. Oder kann das nicht sein? Er ist ja gar nicht da, er tut ja gar nichts! Trotzdem beeinflusst er noch meine Stimmung. Das ist doch nicht richtig, wie kann ich das zulassen?
Ich tue es nicht mehr. Schluss, aus, erledigt, das war's jetzt. Großes Piratenehrenwort.
Ich werde ihm auch nicht mehr schreiben!

Dir schreibe ich dafür umso mehr. So hast du auch einen Grund, Jan zu zürnen. Oder freust du dich über die Briefe einer launischen Enkelin?
Ich hoffe doch sehr.
Grüße an Henri, Gibraltar und die Affen! Es fühlt sich gut an, dass ihr wieder in Europa seid.

Findet deine Anna

Jan,

ich hätte nicht gedacht, dass ich dir noch solche Briefe schreiben würde. Solche, die ich nicht abschicke, meine ich. Aber ich tue es nach wie vor. Ich muss es ja, wenn du dich nicht regst!
Erst küsst du mich. Und küsst mich wieder und wieder und wieder. Und dann ist es, als wäre dieser Sommer voller Küsse nie gewesen.
War das jetzt das, was man eine Sommerliebe nennt? Länger als ein paar Wochen hält sie nicht?
Darauf pfeife ich. Nein, wirklich. Ich kann daran nichts Gutes sehen. Oma könnte es vielleicht, aber Oma ist nicht da. Hier bin nur ich und ich bin wütend. Und traurig. Ach, beides zusammen.
Es ist komisch, dass ich es immer noch bin, obwohl ja jetzt schon wieder Sommer ist und unser erster Kuss am Steg ein Jahr her und unser Sommer voller Küsse wirklich rum. Aber bei jedem Brief, den du mir schreibst, denke ich wieder da-

ran, werde ich wieder traurig-wütend. Also ist es vielleicht gut, dass du kaum mehr Briefe schickst.
Du wirst gemerkt haben, dass meine auch seltener werden.
Und du wirst merken, dass sie noch seltener werden können.
Schönen Sommer noch.
Guten Wind.
Und so.
Ich denke, ich schlage jetzt einen anderen Kurs ein.

Anna

16

Liebe Oma,

gestern, als Mary-Lou und ich mit den Rädern zum Baden gefahren sind, haben wir den Leierkastenmann getroffen. Du weißt schon, aus unserer Theaterrevue. Natürlich ist er eigentlich gar kein Mann, sondern erst fünfzehn. Und natürlich hat er auch einen richtigen Namen: Er heißt Bengt-Oliver.

Bei den Proben haben Bengt und ich hin und wieder mal miteinander gesprochen, allerdings nie besonders viel. Trotzdem lenkte Bengt sein Rad gestern sofort neben unsere, als er uns sah. Und am See hat er sein Handtuch neben meins gelegt.

Wie wir da so in der Sonne saßen, hat er an meinem Ohrring gezupft, ganz vorsichtig, sodass es nicht wehgetan hat. Komisch hat es sich trotzdem angefühlt. Auch weil er erst mein Haar zur Seite streichen musste, um an mein Ohr zu kommen.

Mary-Lou hat wissend gegrinst und hinterher zu mir gesagt: »Du, der findet dich gut.«

Ich weiß nicht, woher sie das immer weiß, aber ich muss zugeben, ich denke, sie hat vielleicht recht.

Und ich denke, das wäre gar nicht schlimm.
Schwer verwundert,
Anna

Liebe Oma,

weißt du was? Der Bengt kann singen! Aber wie!
Wir singen ja fast alle, zumindest ein bisschen. Doch wenn Bengt singt und dazu seine Leierkastenkurbel dreht, kriegst du Gänsehaut, ehrlich. Ich zumindest kriege eine. Was sagst du dazu?
Nach der Premiere nächsten Samstag wollen wir alle zusammen feiern. Da hat uns Mary-Lou drauf gebracht. Ich wollte, es wäre schon so weit, dann wäre unsere Vorstellung nämlich vorbei. Ich bin furchtbar aufgeregt, hätte gar nicht gedacht, dass ich zu Lampenfieber neige, ist aber wohl so.
Ich muss ja auch singen und ich habe Angst, dass mir die Stimme versagt. Bengt meint, ich soll einfach so tun, als wäre ich völlig allein in der Aula – und nicht völlig allein auf der Bühne mit jeder Menge Schüler, Lehrer und Eltern vor mir, die mich anstarren. Wenn ich mir das vorstellte, würde es schon gehen.
Im Notfall werde ich das versuchen. Aber vielleicht schaffe ich es, ganz zur knallharten Seeräuber-Jenny zu werden. Lampenfieber? Haha! Dem würde sie einfach ins Gesicht lachen.

Wünsch mir Glück! Oder lieber nicht, das bringt nämlich Unglück, habe ich gelernt. Theaterleute sind abergläubisch, und weil ich jetzt auch ein Theatermensch bin, musst du mir Hals- und Beinbruch wünschen, das ist erlaubt.
Mast- und Schotbruch ist, denke ich, auch okay.

Lieben Gruß,
auch an Henri,
von der Seeräuber-Anna

An Jan Berger.

Weißt du was, Jan?
Wenn ich dir noch schriebe, wenn ich überhaupt noch mit dir redete, würde ich spätestens jetzt damit aufhören.
Und du würdest nicht wissen, warum! Ich würde es dir nämlich nicht verraten, genau wie du mir nie verraten hast, wieso wir plötzlich von den sich küssenden Jan und Anna auf die sich mehr oder weniger ignorierenden Jan und Anna zurückgefallen sind. Hab ich dir was getan? Oder hast du im letzten Winter etwa schon deine Cecilie gekannt?
Ich habe Mama am Telefon von ihr reden hören. Von ihr und dir. Jawohl, gelauscht habe ich. Und jawohl, ich kenne das Sprichwort: Der Lauscher an der Wand hört seine eigene Schand. Es hat recht!
Aber ich bin froh, dass ich jetzt von Cecilie weiß. Ich bin wirklich froh, dass ich Mama deinen Namen sagen hörte, als

ich gestern Abend in meinen dicken Socken in die Küche geschlurft kam, gähnend, ins Licht blinzelnd und auf der Suche nach ein paar Schokoladenkeksen. Wie angewurzelt blieb ich stehen.

Hatte meine Mutter gerade »Jan« gesagt?

Hatte sie. Und sie tat es wieder.

»Ich finde es ja durchaus gesund, dass Jan eine Freundin hat«, sagte meine Mutter zweifelnd. »Aber ich weiß wirklich nicht, ob ich es Anna sagen soll, Helen. Sie hängt so an deinem Sohn.«

Hängen? Ich bin doch keine Uhr! Kein Bild, keine Kette. Nein, ein Blatt im Wind will ich sein, ein Boot in der Brandung des Lebens. Ich pflege nur vorübergehend vor Anker zu gehen. Mit der nächsten Flut segle ich wieder davon.

Adieu! Ihr könnt mir alle mal gestohlen bleiben.

Was ihr nur denkt von mir. Ein Seeräuber kennt keinen Schmerz, das Einbeinigsein ist für uns eine Art Lebensgefühl. Wir können auch ohne das Bein, wir Piraten. Ich kann auch ohne dich. Jan. Das wollte ich dir nur sagen.

Denn auch wenn es wehtat zu hören, dass du zwar mich nicht mehr küssen willst, eine andere aber durchaus, hilft es mir doch, endlich einen Schlussstrich zu ziehen, ein »The end« zu setzen unter das Kapitel »Jan und Anna«.

Wenn ich ehrlich bin, schmerzt es mehr, dass du eine Neue hast, als dass du mich nicht mehr willst, denn daran gewöhne ich mich ja schon seit Monaten. Piraten haben eben auch mit gekränkter Eitelkeit zu kämpfen.

Ich hoffe also, dass du dich über mein Schweigen und die völlig ausbleibenden Briefe wundern wirst. Ich für meine

Person schaue nicht zurück, sondern nach vorn. Und da vorn ist von dir keine Spur mehr zu sehen.
Gehaben Sie sich wohl, Herr Berger.

Hochachtungsvoll
Anna B. Barber

Liebe Oma,

ich wollte es dir ja eigentlich nicht mehr sagen, um dir nicht die Stimmung zu versauen, aber ich sage es jetzt trotzdem, egoistisches Geschöpf, das ich bin: Ich wollte, du wärst hier! Dann könnte ich dir nämlich Bengt vorstellen. Und das würde ich so gern.
Er ist toll. Finde ich. Mary-Lou mag seine Haare, Mama seine Manieren. Sagt sie. Dabei ist sie nur froh, dass er nicht Jan ist. Das findet sie »gesünder« für mich. Papa war nicht so spezifisch und Benni ist Bengt, glaube ich, herzlich egal. Obwohl wir am Wochenende alle zusammen Fußball gespielt haben. Mit Mary-Lou als Schiedsrichter ist unser Match unentschieden ausgegangen. Erstens zählt sie nie richtig, zweitens hat sie keine Lust auf Diskussionen um den Punktestand. Also saß sie in Mamas dickes Wollcape gehüllt unter der schon herbstbraunen Kastanie und sagte immer wieder ungerührt: »Tor? Super, dann haben wir jetzt Gleichstand.«
Benni war fuchsteufelswild, aber Bengt hat sich halb totgelacht. Was Benni ihm wiederum übelnahm.

Oma, ich weiß, du mochtest Jan, doch ich hoffe, du wirst Bengt auch mögen. Ich hoffe außerdem, dass du bald nach Hause kommst. Weihnachten? Oder fahrt ihr da wirklich zu Henris Familie in die Berge?
Ich bin dagegen!

Aber ich bin ja heute auch
die egoistische Anna

Liebe Oma Anna Bloom,
Superstar,

vielen Dank für deinen lieben Brief. Ich schicke dir natürlich umgehend ein Foto von Bengt. Ich bin auch drauf, die Aufnahme wurde bei unserer Premiere gemacht. Erkennst du mich? Sind meine Haare nicht wild, funkeln meine Augen nicht gefährlich? Bin ich nicht ein schöner Pirat?
Ich hatte Glück, mir hat nicht die Stimme versagt, obwohl mir seltsam schwerelos zumute war, als ich auf die Bühne musste. Und wir haben alle jede Menge Applaus gekriegt! Vor allem Bengt. Du hättest mal die Mädchen aus meiner Klasse sehen sollen und die aus seiner eigentlich auch, wie sie ihn hemmungslos angeschmachtet haben. Ich musste ein selbstgefälliges Lächeln unterdrücken, als er mich bei den Schlussverbeugungen vor den Augen aller umarmte.
Geküsst hat er mich auch. Später. Bei unserer Premierenfeier. Eigentlich hat er ja die Seeräuber-Jenny geküsst, denn

ich war noch im Kostüm, aber kann man es ihm verübeln? So eine Piratenbraut ist einfach faszinierend.
Ach, es war herrlich! Könnte ich immer Piraten darstellen, würde ich glatt drüber nachdenken, später Schauspielerin zu werden.
Das Bild von dir und Henri habe ich auf meinen Schreibtisch gestellt, direkt zu deinem gerahmten Foto von 1959. Geht es in Ordnung, dass ich es aus deinem Zimmer geholt habe? Ich schaue es mir so gerne an, wenn du mir ganz besonders fehlst.
Jetzt kann ich mir allerdings auch mein neues Foto von dir anschauen. Es ist sagenhaft! Du bist sagenhaft! Bist du sicher, dass ihr da nur eine, wie schriebst du noch?, gewöhnliche Premiere in der Scala besucht habt und nicht vielleicht doch den Wiener Opernball oder die Oscarverleihung?
»Sag ich doch immer«, hat Papa ziemlich selbstgefällig gesagt, als ich ihnen das Bild von euch beiden in Samt und Seide, Fliege und glitzerndem Geschmeide zeigte, »Anna B. ist ein Star.«
Vielleicht sind es ja deine Gene, die mich funkelnden Ohrschmuck kaufen ließen und mich auf die Bühne trieben. Immerhin habe ich auch deinen Künstlernamen geerbt! Und nomen est omen, wie der alte Lateiner sagt.
In Latein habe ich übrigens eine schwache Drei wie auch in einigen anderen Fächern, aber ich habe sowohl meinem Lehrer als auch Mama versprochen, mich in Zukunft wieder mehr mit meiner Bildung zu befassen.
Also spätestens im neuen Jahr. Im Advent habe ich noch so viel vor.

Bis dahin schiebe ich einfach alles auf meine Gene. Also dich.

Anna Bloom die Zweite,
Schauspielerin in der Ausbildung

Liebe Oma,

ich freu mich so, ich freu mich so, ich freu mich so!
Das wollte ich nur schnell sagen, vielleicht kriegst du die Karte ja noch, bevor ihr euch auf den Weg macht.

Es freut sich sehr (aber das weißt du ja schon!),
deine Anna

Ahoi, Oma-Steuermann!

Ich habe unseren Freund, das Gerippe, ausgebuddelt, um dir mal wieder eine streng geheime Nachricht zukommen zu lassen. Er war mir sehr dankbar, denn zwischen müffelnden Gummistiefeln und einzelnen Handschuhen zu ruhen, ist tatsächlich recht unwürdig.
Ich hoffe, du hast den Wink verstanden, das Christkind habe dein Geschenk bestimmt in der Dielenkommode versteckt.
Denn dann findest du diese Zeilen und liest dies:
Ich bin ganz schrecklich glücklich, dass du zu Weihnachten

doch nach Hause gekommen bist, Oma B. Ich habe dich nämlich sehr lieb.

Weihnachtswunschlosglücklich,
deine Anna
aka der Käpt'n

17

Liebe Anna,

frohe Weihnachten wünsche ich dir und deiner ganzen Familie.
Leider habe ich keine Karte mit einem Piraten und einem Weihnachtsbaum gefunden, aber ich finde, das Foto von Juliet der Ersten mit Lichterkette ist auch sehr schön geworden. Ich habe sie eigenhändig dekoriert.
Und dabei bin ich nicht mal gut im Dekorieren!

Gruß
Jan

Auch dir ein frohes Neues, Anna!

Jetzt bin ich aber schrecklich neugierig, was dein Vorsatz fürs neue Jahr ist. Ja, ich habe tatsächlich auch einen! Und ich finde, es schmälert ihn nicht, dass ich ihn erst fasste, als du mich höflich danach fragtest.
Man könnte es so sehen, dass ich grundsätzlich mit mir und

meinem Leben recht zufrieden bin. Und deswegen nichts ändern muss. Doch das ist, zugegeben, eine recht oberflächliche Haltung. Schließlich kann der Mensch immer daran arbeiten, ein noch besserer zu werden. Man ist schließlich nicht Jesus.
Das lässt meinen Vorsatz jetzt sehr nächstenlieb klingen, oder? Willst du wissen, ob er es wirklich ist?
Dann weih mich ein!
Verrätst du mir deinen, verrat ich dir meinen.

Jan

Bloom,

ich finde, du lässt dich ganz schön bitten. Machst du das mit Absicht? Ich gebe zu, dein Schweigen ist ziemlich geheimnisvoll, und ich bin sicher, Anne Bonny hat ihre Geheimnisse auch nicht hinausposaunt. Aber ich bin ja nicht irgendjemand und ich würde dich auch nicht verraten!
Falls es etwas Peinliches sein sollte. Oder gar etwas Verbotenes.
Doch wahrscheinlich gibst du nur an und es ist so etwas Banales wie: Ich esse in diesem Jahr weniger Schokolade! Habe ich recht? Das ist zumindest Helens Vorsatz. James' war: Ich höre auf zu rauchen. Nur da du meines Wissens nicht rauchst, kann es das nicht sein.
Doch ich wette, ich bin auf der richtigen Spur!
Das wird dich natürlich nicht jucken. Vielen Dank, mir ist

durchaus bewusst, dass ich dich damit nicht ein Stück ködern kann. Ich könnte jetzt noch behaupten, dass ich das ja auch gar nicht will, weil es mich eigentlich sowieso nicht die Bohne interessiert, wie du dich oder dein Leben verändern willst. Aber da du einen so klugen Kopf auf deinen Schultern spazieren trägst, würdest du gleich wissen, dass ich lüge.
Also was tun?
Ich gehe mit gutem Beispiel voran und lege meine Karten offen. Achtung, dies ist der gute und bisher beste Vorsatz im Leben des Jan Berger: Ich habe mir vorgenommen, ein besserer Freund zu sein.
Was sagst du nun?

Jan

Liebe Oma,

hast du einen Vorsatz fürs neue Jahr gefasst?
Ich hoffe, er lautet: Ich will meine Enkelin öfter sehen.
Das würde mir gefallen.
Jans lautet: Ich will ein besserer Freund sein.
Das gefällt mir leider auch.
Aber du weißt ja, wie das mit Vorsätzen so ist. Besser als ich weißt du es bestimmt, weil du schon so viel länger lebst und meiner erst mein erster ist und Jans vielleicht auch. So ist es: Gute Vorsätze halten meist nicht lange. Vielleicht bis Mitte Februar. Oder, wenn es hochkommt, bis Ostern.
Und deshalb weiß ich nicht, ob ich Jan einfach aufgrund sei-

nes komischen Jahreswechsel-Vorsatzes wieder in mein Leben lassen soll, nachdem ich ihn gerade erst so sorgfältig herausgeschnitten habe. Eine vollkommen höfliche, aber auch vollkommen sachliche Dankeskarte hatte ich ihm auf seine Weihnachtsgrüße hin geschrieben. Mehr nicht. Und doch schreibt er mir nun zurück.
Nun, wir werden sehen, wie es weitergeht. Eine Schwalbe macht noch keinen Sommer, nicht wahr?
Ich zerbreche mir jetzt jedenfalls nicht weiter den Kopf. Ich gehe gleich Mary-Lou abholen, wir wollen zusammen mit ein paar Freunden ins Kino. Ja, mit Jungs! Benni hat auch schon gefragt.
Ist das verwerflich? Ich finde nicht.

Es küsst dich
deine Anna

PS
Willst du übrigens wissen, wie mein guter Vorsatz lautet?
Ich möchte nicht mehr über das jammern, was ich nicht habe, sondern mich an dem freuen, was ich habe.
Wie findest du den? Ich denke, der könnte Ostern überleben und glatt zur Philosophie erhoben werden.

Herzlichen Glückwunsch zum 15. Geburtstag, Bloom!

Am Wochenende beginnen die Osterferien, da besuche ich meinen Vater mal wieder. Vielleicht sehen wir uns ja. Ist schon eine Weile her, oder?
Ach so, das in dem Päckchen ist natürlich für dich. Erinnerst du dich noch an den Antiquitätenladen, in dem wir mit deiner Oma waren, als ihr uns in Amsterdam besucht habt? Da habe ich es gefunden.
Ich hoffe, es gefällt dir.

Jan

Liebe Oma,

ich gebe zu, es ist gerecht, dass ihr an Ostern bei Henris Tochter und ihrer Familie seid, wo du doch an Weihnachten bei uns warst. Nur eigentlich müsstest du uns dann jetzt Henri zum Eiersuchen schicken, statt ihn bei dir in Österreich zu behalten.
Du wanderst aber jetzt nicht dahin aus, oder? Du schreibst so schwärmerisch von dem Gebirgssee, in dem sich die Alpen spiegeln, dem Schnee auf den Gipfeln und den Frühlingsblumen auf den Wiesen. Und von dem Haus mit den niedrigen Balkendecken und der Schwiegermutter mit dem Kopftuch, die Salzburger Nockerln mit Marillenschaum machen kann.
Ich habe beim Lesen Hunger gekriegt! Auf die Nockerln

und den See! Ich will da auch hin! Könntest du Henri nicht heiraten? Dann wäre er offiziell mit mir verwandt und seine großartige Verwandtschaft praktischerweise auch meine großartige Verwandtschaft.
Ich gebe zu, meine ist ja auch nicht von schlechten Eltern. Es geht allen gut, Benni wächst wie Unkraut und Mama und Papa sind gerade mal so sorgenfrei, dass sie Zeit haben, sich wie verliebte Teenies aufzuführen. Was Benni wiederum ekelhaft findet.
Ach, und Jan hat mir zum Geburtstag ein Geschenk geschickt.
Das ist mal ne große Schwalbe, oder?

Grüß mir die Berge, den Henri und die unbekannte Verwandtschaft in spe,
Anna

Hoi Jan!

Es lässt sich zwar nicht sehr gut Briefe schreiben im Schein deiner Lampe, aber davon abgesehen ist sie herrlich, herrlich, herrlich!
Ich werde gleich wieder alle anderen Lichter im Zimmer löschen, mich auf mein Bett legen und zusehen, wie himmelblaue Seepferdchenschwärme über die Wände ziehen, gefolgt von schwarzblauen Fischen und türkisfarbenen Krabben und schließlich von einem Schiff mit, ich habe genau nachgezählt, acht Segeln.

Ich wusste nicht mal, dass es solche Lampen gibt! Ehrlich, dein Bilderkarussell ist bestimmt das schönste Geschenk, das ich je bekommen habe. Ich bedanke mich herzlich.
Ja, ich weiß, das habe ich schon gestern gesagt, als wir uns auf der Straße getroffen haben. Aber ich befürchte, dass es vielleicht untergegangen ist, weil ich doch mit Bengt unterwegs war und ich euch vorstellen musste und ihr euch anschweigen musstet, wieso eigentlich?, und wir dann so plötzlich wieder auseinandergegangen sind.
Also zum Noch-einmal-richtig-Danke-Sagen habe ich diesen Zettel bei euch in den Briefkasten geworfen.
Findest du das merkwürdig?
Ich hoffe nicht.

Bloom

Bloom,

und findest du es merkwürdig, einen Brief auf deinem Gepäckträger zu finden? Ich hoffe nicht und ich hoffe weiter, er hat vom Eingeklemmtsein nicht so viele Falten, dass du nichts mehr lesen kannst.
Was du lesen sollst, ist dies: Wollen wir heute an den See fahren? Wenn du magst, natürlich mit deinem Bengt, aber von mir aus auch ohne.

Jan

Liebe Oma,

das Leben ist schön. Ich glaube, Jan und ich können tatsächlich wieder Freunde sein. Hältst du das für möglich?
Wir waren am See. Aber anders als früher, als wir noch klein waren, hat man uns jetzt ein Boot ausleihen lassen. Wir haben uns gegenseitig übers Wasser gerudert. Erst Jan mich, dann, als ich ihn lange genug beobachtet hatte, um zu wissen, wie man die Riemen hält, ich ihn. Dann wollten wir zusammen rudern, das ging aber nicht so gut, denn auf der Ruderbank war nicht genug Platz, dass zwei da sitzen und noch die Paddel bewegen können. Also haben wir nur so dagesessen. Und uns treiben lassen.
Das Wasser leckte am Boot, ein paar Enten schaukelten vorüber. Die Aprilsonne wärmte unsere Rücken und sein Bein an meinem wärmte mich. Seine Hände, immer noch so groß, aber inzwischen schon wieder anders, älter irgendwie, können Hände älter werden?, auf eine gute Weise?, seine großen Hände also, die so aussahen, als wäre Jan schon ein Mann, die hingen locker zwischen seinen Knien, als er anfing, mich auszufragen und zu erzählen. Von Helen und James, von Amsterdam und seinen neuen Freunden, von Johann, mit dem er sich jetzt wieder besser versteht (nein, ich habe nicht: Gott sei Dank! gerufen; das hätte die Enten verschreckt), und von seinen Plänen, vor allem von seinen Plänen. Das war ein bisschen wie früher, nur dass er nicht mehr die letzten Reste des unentdeckten Amazonas erforschen will. Reisen will er aber immer noch. Natürlich mit dem Segelboot. Am liebsten einmal um die Welt.
Allein? Weiß er noch nicht.

»Du hast also jetzt einen Freund«, hat er gesagt.

Und ich habe geantwortet: »Du hast ja auch eine Freundin.«

»Hm.«

»Cecilie.«

Er zögerte kurz. »Anastasia.«

Mein überraschtes »Oh« schluckte ich hinunter. »Und wie ist sie so, deine Anastasia?«

»Nett.«

Ich hoffe, wenn Bengt von mir spricht, fällt ihm mehr ein als das. Wenn nicht, würde ich ihn, glaub ich, nicht mehr wollen.

»Hübsch?«

»Klar.« Jan grinste, ich sah es aus dem Augenwinkel.

Ich grinste zurück. »Hund«, sagte ich herzlich.

Er lachte. »Deiner ist doch auch ganz«, er stockte, »ansehnlich.«

»Ja, ist er«, sagte ich voll Besitzerstolz. Dachte dann, wenn Bengt das gehört hätte, würde er mich vielleicht auch nicht mehr wollen.

»Meinst du, ich muss dich schon zu ihm zurückbringen?«, fragte Jan. »Kann ich machen.« Er fasste um mich herum und griff nach dem Ruder auf meiner Seite. Und als er mich so quasi in den Arm nahm, lief mir ein Schauder den Rücken hinunter. Kein Gruselschauder, sondern so ein wohliger Schauder, allerdings mit einem Aufregungskribbeln in der Magengrube.

Ich wollte nicht, dass er seinen Arm wieder wegnimmt.

Hat er aber, langsam, als ich sagte, so lässig wie möglich, versteht sich: »Nö. Ich muss noch nicht heim.«

Also blieben wir noch ein bisschen auf dem See sitzen. Bein an Bein. Und immer wenn er sich bewegte und sein bloßer Unterarm meinen berührte, schauderte es mich erneut.
Was sagst du dazu?
Kann man befreundet sein und den anderen trotzdem, na ja, kribbelnd finden? Ich finde auch immer noch seine Haare toll. Und seine Augen so blau.
Okay, ich höre jetzt auf. Das klingt alles viel zu schwärmerisch.
Jedenfalls haben wir uns wieder vertragen. Wenn er das nächste Mal seinen Vater besucht, meldet er sich, hat er gesagt. Und ich habe ihm, bei nachgewiesenem gutem Betragen, hin und wieder einen Brief versprochen.
Den werde ich gern schreiben, denke ich.

Lieben Gruß
von deiner Anna

Liebe Oma,

du bist wieder in deinem Häuschen? Mit Henri? Und ich darf euch besuchen? Ich komme sofort nächstes Wochenende!
Wie gefällt es Henri bei dir? Benutzt er die Scheune und tanzt an der Spiegelwand vorbei? Ich stelle es mir vor und ich weiß, dass er eine gute Figur abgeben wird. Tanzt du mit ihm? Dann seht ihr bestimmt wie Fred und Ginger aus. Nur dass Henri viel besser aussieht als Fred. Ich kann echt nicht

verstehen, wie jemand gedacht haben kann, dass Fred Astaire gut aussieht. Tut er nicht!
Wollt ihr es mir nicht auch beibringen, das Tanzen? Zumindest Walzer würde ich gerne können …

Anna

Ach, Oma,

es war herrlich bei euch! Komisch, wie viel manchmal in so zwei Wochenendtage hineinpasst. Als wären sie viel länger gewesen, als Samstage und Sonntage sonst sind. Was ja nicht sein kann. Also vielleicht ist es so: Wenn man jede Minute nutzt, kommen einem die Stunden länger vor.
Mary-Lou und Benni habe ich sofort Walzertanzen beigebracht und ich muss sagen, Benni ist ein Naturtalent. Wer hätte das gedacht? Mary-Lou denkt übrigens (genau wie du), dass Jan ein bisschen mit mir geflirtet hat. Und sie denkt (wieder genau wie du), dass er mich immer noch gut findet. Nur denkt sie (ganz anders als du), dass ich die Gunst der Stunde nutzen und ihn mir zurückholen soll.
Will ich aber nicht. Nur weil er plötzlich wieder aus seinem Schneckenhaus herausgekrochen ist, soll ich ihn jetzt mit offenen Armen willkommen heißen und mich auf Knopfdruck wieder verlieben? Von wegen! Sehe ich gar nicht ein!
Ich meine, ich gehe ja auch immer noch mit Bengt aus. Manchmal. Also, ich finde Bengt immer noch toll. Nur eben nicht so toll, dass ich ständig mit ihm zusammen sein möchte.

Wenn wir kein Stück einstudieren, nicht schwimmen sind, nicht Fußball spielen und uns nicht küssen, weiß ich ehrlich gesagt nicht, was ich mit ihm anfangen soll.
Ach, du glaubst nicht, wer mich letzte Woche gefragt hat, ob ich mit ihm ein Eis essen gehe. Das errätst du nie! Sven!! Erinnerst du dich an ihn? Das ist der mit den ganz hellblonden Haaren, der damals unbedingt hat herausfinden wollen, ob ich wirklich eine einbeinige Oma habe. Und den du mit der Weißen-Hai-Geschichte verschreckt hast.
Stell dir vor: Er schwimmt heute immer noch nicht gerne! Das weiß ich von Bengt, der ist in seiner Parallelklasse.
Ach so, ich habe natürlich Nein gesagt.

Gruß an Henri Astaire,
Anna

18

Lieber Jan,

ich bin mit Oma B. in Österreich. Im Salzburger Land. Bei Henris Tochter.
Wofür Sommerferien doch gut sind!
Henris Tochter hat einen Hof mit Kühen und Feriengästen, mit getigerten Katzen und getupften Hühnern und einem Blick auf einen Bergsee.
Schau dir das Foto genau an: Siehst du die Gletscher in der Sonne glitzern? Und siehst du, wie unser Irrsee versucht, mit ihnen um die Wette zu glitzern? Oma und ich denken, der See gewinnt, deshalb fahren wir auch jeden Tag mit dem Boot raus und tun so, als ob wir angelten. (Wir haben Ruten, aber keine Köder.)
Unser Boot hat zwar keine Segel, nur Ruder, aber es ist ein großartiges Boot. Wir haben es »Moby Dick« getauft. Und siehst du, wie wir es dekoriert haben? Und wie wir uns dekoriert haben? Kannst du lesen, was auf dem Banner steht, das eigentlich mal ein Bettlaken war?

»Herzlichen Glückwunsch zum 16.«
Das wünschen
Anna Bloom I. und Anna Bloom II.,
Besatzung der »Moby Dick«.

PS
Henri und seine Tochter gratulieren auch. Sie haben Omas Hut und das Bettlaken gesponsert.

Bloom,

das war die beste Geburtstagskarte, die ich je gekriegt habe. Deine Oma sieht super aus, schönen Gruß. Wie Käpt'n Ahab, nur viel besser.
Und du: Wahnsinns-Kopftuch. Wahnsinns-Lächeln. Und die Augenklappe! Bist du heimlich älter geworden? So alt, dass du jetzt älter bist als ich? Wenn du zeitreisen könntest, wäre das möglich. Dann wäre es dein Ich aus der Zukunft, das so verwegen vom Foto heruntergrinst.
Es weiß bestimmt spannende Dinge zu berichten. Vielleicht, wie mein nächstes Zeugnis wird? Ob mein Vater interessante Frauen trifft? Oder ich?
Das würde ich wirklich gerne wissen.

Jan

PS
Die Wirklichkeit übertraf jede Befürchtung: Kapitän Ahab stand auf seinem Achterdeck.
»Moby Dick«

Haha,

frag deinen Vater doch selbst!
Erinnerst du dich noch an meine Freundin Marie-Louise? Sie findet deinen Vater spitzenklasse. Vielleicht, wenn ihr älteres Ich aus der Zukunft herreisen könnte …
Wäre sie dir als Stiefmutter genehm? Sie sähe auf jeden Fall besser aus als die auf der Karte. Das ist Aschenputtels. Armes Aschenputtel.

Anna

PS
Weil es immer staubig und schmutzig aussah, nannten sie es Aschenputtel.
»Grimms Märchen«

Bloom,

erinnere dich: Aschenputtel, die Glückliche, hat am Ende den Prinzen gekriegt. Anbei eine kleine Auswahl Blaublütiger für dich. Wie wäre der aus dem Dornröschen-Film? Oder Harry von England?
Ich hab's ja nicht so mit Prinzessinnen. Mir sind Piratinnen lieber.

Jan

PS
Piraten-Tümmler. Ein Seeräuber. Überaus wild. Man findet ihn, glaube ich, nur im Stillen Ozean. Wird er bis aufs Blut gereizt, nimmt er es mit jedem Haifisch auf.
»Moby Dick«

19

Jan,

bevor du den langen Brief liest, der im Umschlag steckt, musst du unter allen Umständen zuerst diese Notiz hier lesen: Es ist alles gut ausgegangen, okay?

Lieber Jan,

mir zittern die Finger, während ich dir dies schreibe. Sie zittern, ich zittere, und falls ich diesen Brief wirklich abschicken sollte, wirst du vielleicht gleich auch zu zittern anfangen: Meine Oma ist im Krankenhaus.
Ich kann den Stift kaum halten und meine Gedanken nicht fassen, vielleicht also werde ich diesen Brief nie zu Ende bringen, vielleicht bleibt es sinnloses Gestammel, das ich niederschreiben muss, um nicht durchzudrehen.
Ich habe so schreckliche Angst.

Mama und Papa sind gleich ins Krankenhaus gefahren, als Henri angerufen hat. Papa hat die aufgelöste Mama in ihren Mantel gesteckt, die Autoschlüssel gegriffen und zu mir ge-

sagt: »Wir geben Bescheid, sobald wir etwas wissen. Pass auf deinen Bruder auf.«
Und zu Benni: »Pass auf deine Schwester auf.«
Benni sitzt neben mir und schaut mir zu, wie ich schreibe. Mein Bett ist groß genug für uns beide, meinen Block und seinen Kuscheltiger, den er aus dem Exil geholt hat, dem obersten Regalbrett. Es ist gut, dass Benni da ist. Aber es ist auch schwer, die große Schwester zu sein, denn ich muss ja für ihn mit stark sein, darf also eben nicht zusammenbrechen, ausflippen oder laut rumheulen.
Dabei hilft, dass ich durch und durch taub bin. Ungefähr so wie ein eingeschlafenes Bein fühle ich mich. Ich glaube, ich könnte gegen die Wand laufen und es täte nicht weh.
Benni glaubt das nicht, er sagt, ich soll es ausprobieren …

… es tut weh.
Benni hat so gelacht, als ich auf einem Fuß durch mein Zimmer gehopst bin, dass er fast vom Bett gefallen ist. Darüber musste ich wieder lachen, leider ist das Lachen plötzlich zu einem Weinen geworden. Das hat Benni erschreckt, aber er hat gewusst, was zu tun ist, er hat seinen Kuscheltiger mit mir geteilt.
Hier sitzen wir drei nun und schmiegen uns aneinander. Der Tiger macht es zugegebenermaßen am besten. Er ist weich und warm und ruhig, wir dagegen sind nach wie vor ziemlich zittrig, vielleicht merkst du es an meiner Schrift.
Henri hat Mama gesagt, sie wollen im Krankenhaus herausfinden, ob Oma einen Herzinfarkt oder einen Schlaganfall hatte. Wir wissen bis jetzt nur sicher, dass Oma umgekippt ist. Das ist hier ja nun schon öfter passiert, erinnerst du

dich an die Geschichte mit der Kastanie? Da hat sie doch erzählt, sie sei nicht schwindelfrei und deshalb abgestürzt. Aber wenn es nun schon damals etwas viel Schlimmeres war?
Oh Gott, das Telefon! …

… Es geht ihr gut, es geht ihr gut.

Anna

PS
Was wäre die Welt nur ohne Kapitän Hook?
»Hook«

Bloom,

verdammt, jetzt habe *ich* fast einen Herzinfarkt gekriegt! Ehrlich, mach das bitte nicht noch mal. Ja, die Warnung war gut (sonst wäre mir wahrscheinlich wirklich das Herz stehen geblieben), aber könnten wir beim nächsten Notfall (von dem ich natürlich inständig hoffe, dass es ihn nicht geben wird) vielleicht einmal die Briefe Briefe sein lassen und einfach das Telefon benutzen? Ich meine, sofort?
Ich habe ja angerufen. Hat dein Bruder das erzählt? Du warst gerade nicht da, doch Benni hat mir versichert, dass die Oma wieder gesund würde. Hätte die Oma gesagt.
Helen, James und ich sind alle sehr froh. Ich drücke ihr aber

weiter ganz fest die Daumen. Nur für alle Fälle. Denn obwohl deine Oma die stärkste Oma der Welt ist, kann man Glück doch immer brauchen. Meinst du nicht?

Herzlich, wirklich,
dein Jan

PS
Noch einmal, Freunde, trieb es mich hinaus auf See.
»Die siebente Reise Sindbad des Seefahrers«

Lieber Jan,

danke für deinen Brief. Ich übe jetzt jeden Tag das Telefonieren mit Marie-Luise.
Sindbad gefällt mir. Der lässt sich nicht unterkriegen, nein? Der ist immer wieder hinaus aufs Meer, obwohl er da doch von einem Schiffbruch in den nächsten geriet. Da ist er tatsächlich wie Oma. Und genau wie Sindbad übersteht Oma auch immer alles. Sogar ihr schwaches Herz! So eines hat sie nämlich wohl. Kann man kriegen, wenn man schlimmen Zucker hat.
Eigentlich dachte ich ja immer, Oma B. wäre eher Long John Silver (wegen des Beins und weil er so einen tollen Namen hat) oder eben Kapitän Ahab (wieder wegen des Beins, aber vor allem wegen unserer österreichischen »Moby Dick«).

Ich persönlich sympathisiere ja nach wie vor am meisten mit der Seeräuber-Jenny. Wie sie lebe ich unter lauter normalen Menschen, die nicht ahnen, dass in mir ein Pirat schlummert. Wenn mir zum Beispiel einer meine Oma wegnehmen wollte, würde ich wild werden. Richtig wild!
Das ist inzwischen auch meine Theorie zur Jenny: Sie ist nicht so gnadenlos und lässt alle töten, weil sie böse ist, sondern weil sie Rache nimmt. Das muss so sein! Wo nähme sie sonst ihre Kaltblütigkeit her?
Diese hier: »Und wenn dann der Kopf fällt, sage ich: Hoppla!«

Gegen alle Feinde gut gerüstet
Anna

PS
Und an diesem Mittag wird es still sein am Hafen.
Wenn man fragt, wer wohl sterben muss.
»Die Seeräuber-Jenny«

Lieber Jan,

ja, wir haben Oma aus dem Krankenhaus geholt. Gestern. Der Himmel war von grauestem Novembergrau, der Wind eisig, aber ich fand es trotzdem einen unfassbar schönen Tag. Ich war glücklich.
Bis wir das Krankenhaus betraten.
Obwohl Krankenhäuser die Menschen gesund machen sollen, machen sie mir Angst. Benni, Mama und Papa schienen sich auch nicht sonderlich wohlzufühlen. Wir sprachen alle ganz leise und schauten schnell weg, als ein Patient in seinem Bett neben uns in den Aufzug gerollt wurde. Nur kurz habe ich ihn angesehen. Er hatte eine Kanüle im Arm und trug ein gestreiftes Krankenhausnachthemd. Und er hatte die Augen geschlossen.
Benni rückte etwas näher an Papa heran.
Ich hatte Angst, dass Oma mit Schläuchen in ihrem Arm und geschlossenen Augen auf uns warten würde.
Aber Oma war wie immer. Sie saß fertig angezogen auf ihrem Bett und lächelte uns entgegen. »Da seid ihr ja«, sagte sie munter.
»Wir kommen, um dich nach Hause zu holen«, erklärte Benni.
Henri tätschelte ihm dafür das Haar.
Mama machte ein Gesicht, als wollte sie anfangen zu weinen.
Oma schnaubte. »Jetzt stellt euch nicht so an«, sagte sie, »ihr übertreibt ja maßlos. Und wenn du«, sie hob vor Mamas Nase einen Zeigefinger, »anfängst, meine Reisen verantwortlich zu machen, rege ich mich auf.«

»Der Arzt hat gesagt, du sollst dich nicht aufregen«, protestierte Mama schwach.
»Genau«, erwiderte Oma zufrieden.
Ich stand nur so da.
Oma sah mich an. »Käpt'n«, sagte sie. »Lieber Schatz.«
Da habe ich sie umarmen müssen. Aber ich glaube, das war okay. Sie umarmte mich nämlich zurück.
Als ich sie losließ, lächelte sie in die Runde. »Das ist alles halb so wild«, sagte sie. »Ich habe schon Schlimmeres überlebt.«

Gruß, lieben,
Bloom

PS
Fünfzehn Mann auf des toten Mannes Kiste –
Jo-ho-ho, und ne Buddel voll Rum.
»Die Schatzinsel«

20

Lieber Henri,

jeder muss sterben, hat meine Mutter gesagt. Damals, als Oma ihr Bein verlor. Jetzt habe ich Oma verloren. Und ich weiß nicht, ob ich das aushalte.
Sie hat gesagt, sie habe schon Schlimmeres überlebt! Und sie hatte doch sonst immer recht. Warum nur musste sie sich dieses eine Mal irren?
Es tut mir so leid, Henri.
Ich tue mir leid.
Und vor allem tut mir Oma leid. Sie wollte doch gar nicht gehen! Und ich wollte das auch nicht.

Anna

Oma.

Ich kann nicht mal dieses Wort schreiben, ohne dass mir das Herz wehtut. Ich weiß jetzt ganz genau, wo es in meiner Brust sitzt, da nämlich, wo es so schrecklich schmerzt. So hat es sich nicht mal angefühlt, als Jan mich verließ. Das erste Mal. Mit elf.
Er ist übrigens wieder da. Gestern stand er am Gartenzaun. Sobald ich ihn entdeckt hatte, bin ich reingerannt. Er ist da am Zaun stehen geblieben. Ich habe ihn vom Küchenfenster aus beobachtet. So lange, bis er gegangen ist. Und als er ging, habe ich geweint.

Ich weine viel, Oma.

Ich denke, ich werde nie wieder aufhören können zu weinen. Ich denke, ich sollte mehr trinken, wenn ich nicht bald aufhöre zu weinen. Denn sonst werde ich austrocknen, vertrocknen, zusammenschrumpeln, bis nur noch ein Hauch von mir übrig ist. Und dieser Hauch wird vielleicht vom Wind verweht, wenn ich ihn nett bitte.
Ich werde sehr nett bitten.

Ich liege auf meinem Bett und kann mich nicht bewegen. Die Sonne wandert draußen über den Himmel. Sie ist schon bald am Ende ihrer Reise angekommen, sie muss den Horizont bald erreicht haben, denn ihr Licht, das durch mein Fenster fällt, ist golden, so golden wie früher, wenn du sagtest: »Ein Licht zum Aus-der-Haut-Fahren, so schön.«
Mama klopft, schon wieder, aber ich liege nur auf meinem Bett und kann mich nicht bewegen. Nie mehr.

Jan ist da. Er steht neben meinem Bett und schaut auf mich herunter. Und er sagt: »So geht das nicht, Bloom.«
Erst höre ich nicht genau, was er sagt, denn ich bin so leer geweint und schwach und müde, dass meine Ohren mir nicht gehorchen, als ich ihnen sage: Hört her, bitte. Sie wollen nichts hören und ich will nichts wissen, aber es ist Jan, der da steht, und deshalb muss ich es wissen, ich muss ihm zuhören und ich höre: »So geht das wirklich nicht, Bloom. Du machst dich ja ganz krank.«
Ich schüttele benommen den Kopf. Was?
Er sagt: »Das hätte deine Oma nicht gewollt. Komm schon, reiß dich zusammen.«
Dann geht er.

Warum hacken sie denn alle auf mir herum? Sind sie etwa nicht traurig?
Doch, ich weiß, dass Mama traurig ist. Unendlich traurig. Sie sieht kleiner aus in diesen Tagen, glaube ich. Ich weiß es aber nicht genau.
Macht mich das zu einer schlechten Tochter? Bin ich eine schlechte Schwester? Muss ich mich dafür entschuldigen, dass ich es nicht schaffe, nicht zu weinen? Nicht immerzu traurig zu sein?
Nein, der Welt müsste es leidtun. Gott müsste es leidtun, wenn es ihn gibt. Er müsste sich schämen, mir meine Oma Bloom genommen zu haben. Er hat es getan, es kann ihn nicht geben.
Es gibt nur den Schmerz, den Schmerz in mir. Sogar meine Haarwurzeln tun mir weh, sogar meine Zehenspitzen, so tief ist der Schmerz. Und ich soll mich zusammenreißen?

Ich bin zu ihm gerannt. Ja, gerannt bin ich, wie damals, als wir uns barfuß über die sommerwarmen Pflastersteine jagten.
Er Cowboy, ich Indianer.
Er Admiral, ich Pirat.
Wir Freunde.
Wir Feinde: Der Schmerz ist weg, jetzt ist da die Wut, und die ist so laut in mir, fast sehne ich mich nach dem stillen, stummen Schmerz zurück. Die Wut ließ mich nicht länger auf meinem Bett durch die Zeit treiben, sie ließ mich aufspringen und losrennen.
Meine Füße kennen den Weg, so oft sind sie ihn gegangen.
Da ist sein Haus.
Und da ist Jan.

Er hat gar nichts gesagt. Nur angesehen hat er mich.
Und ich, ich habe …
Ich weiß es nicht mehr, Oma.
Aber ich denke, ich muss geschrien haben. Und geweint. Denn am Ende, da war meine Stimme nur noch ein Krächzen und meine Kehle tat so schrecklich weh. Ich habe auf dem Boden gesessen und gezittert.
Und dann war Jan neben mir und nahm mich in die Arme. Ganz fest.
Er sagte: »Es tut mir so leid, Bloom.«
Er sagte: »Ich bin hier, Bloom.«
Ich sagte, und meine Stimme klang seltsam rau und heiser, als ich es tat: »Aber du wirst wieder weggehen. Wie Oma.«

»Nein, nicht wirklich, Bloom«, sagte Jan da. »In Wirklichkeit nie.«

Wie du. Du hast mir einmal etwas Ähnliches versprochen. Geschrieben, glaube ich, hast du es. Ich werde es nachlesen, dafür dass ich es nachlesen kann, danke ich dir. Sollte ich irgendwann anfangen zu vergessen, was genau du mir gesagt hast in den vergangenen Jahren, schaue ich einfach in den Briefen nach. Um mich an dich zu erinnern, brauche ich sie nicht. Dich werde ich nie vergessen.

Während ich schon wieder weine, still und leise dieses Mal, fast friedlich, hält Jan mich weiter fest. Erst als seine Schulter schon ganz nass geweint ist, höre ich auf. Ich hebe den Kopf. Ich rümpfe die Nase. Und ich frage: »Was ist Anastasia überhaupt für ein Name?«

Da lacht er leise. »War Cecilie besser?«

Ich schüttle den Kopf.

»Tja, weißt du«, sagt er und schaut mir in die Augen. »Es ist eben so: Keiner ist wie Anna Bloom.«

Liebste Oma Bloom,

wir haben einen Apfelbaum für dich gefunden. Es ist dein Apfelbaum. Er hat auf dich gewartet. Genau wie dein linkes Bein. Jetzt könnt ihr wieder zusammen sein, Asche zu Asche, so heißt es doch.
Wir haben nicht geweint. Wir haben uns an den Apfelblüten gefreut. Und als dann der Wind durch die Äste fuhr und Blütenblätter auf uns und dich und dein Bein herabschneien ließ, da haben wir gelächelt.
Es ist wieder Frühling, Oma.

Lieber Henri,

du freust dich, wenn du weiter Briefe bekommst, unter denen »Anna Bloom« steht? Ja, dann werde ich dir natürlich weiter schreiben. Das mache ich sogar sehr, sehr gerne.
Obwohl ich ja die falsche Anna bin, kann ich doch mit dir über deine Anna reden. Über unsere.
Aber wenn du willst, erzähle ich dir auch ein bisschen von dieser Anna Bloom, die ohne die andere zurückgeblieben ist. Und sie sehr vermisst.

Anna Bloom